Diese Persönliche Chronik ist für:

Das Buch vom

# 1.

# April

*Ein ganz besonderer Tag*

## ... ein ganz besonderer Tag

Als Namenspatrone für den 1. April sind Hugo und Theodora verzeichnet. Die Sitte, seine Mitmenschen mit einer Lügenerzählung »in den April zu schicken«, ist auf der ganzen Welt verbreitet, ohne daß man genau weiß, wie sie entstanden ist. Auch die Herkunft des lateinischen Monatsnamens April ist unklar; manche Forscher stellen einen Zusammenhang mit dem Wort »aperire« (=öffnen) her: Im Frühling bricht die Erde auf. Eine Reihe wichtiger Ereignisse fanden am 1. April statt:

**1795** wurde im Verlauf der Französischen Revolution ein Hungeraufstand der niedergeschlagen.
**1924** wurde Adolf Hitler wegen seines Putschversuchs im November 1923 zu fünf Jahren Festungshaft verurteilt.
**1930** hatte der Film »Der blaue Engel« mit Marlene Dietrich Premiere.

Unter den bekannten Persönlichkeiten, die am 1. April zur Welt kamen, ist der frühere deutsche Reichskanzler Otto von Bismarck (*1815) vielleicht der Bedeutendste. Aber auch der britische Krimiautor Edgar Wallace und der deutsche Schriftsteller Rolf Hochhuth erblickten an einem 1. April das Licht der Welt.

# Im Zeichen des Widders

## 21. März bis 20. April

Der 1. April fällt in das Sternbild des Widders, dessen Beginn mit dem Frühlingsanfang zusammenfällt. Den unter diesem Sternbild Geborenen sagt man besondere Eigenschaften nach, darunter Mut, Selbstbehauptungswillen Energie und Leidenschaft. Unter den Widdern finden sich häufig Wissenschaftler und Entdecker.
Als typische Widder gelten zum Beispiel der französische Mathematiker Joseph de Fourier (1768-1930), der die Grundlagen für die moderne theoretische Physik legte, oder auch der Naturforscher Georgius Agricola (1494-1555), der mit seinem Werk »De natura fossilium« die erste systematische Beschreibung der Mineralien lieferte. Die für den Widder typische Leidenschaft und Kraft finden sich in den Werken des Komponisten Béla Bartók (1881-1945) wieder, dessen Stil von den Zeitgenossen als im positiven Sinne »barbarisch« bezeichnet wurde. Unter den weiblichen Widdern seien die Schriftstellerin Bettina von Arnim (1785-1859), die Hollywoodstars Doris Day (*1924) und Bette Davis (*1908) sowie die Frauenrechtlerin Helene Lange (1848-1930), genannt. Große Willenskraft bewies die deutsche Schauspielerin Brigitte Horney (1918-1988), die noch im hohen Alter unermüdlich tätig und in beliebten Fernseh-Serien zu sehen war.

# 1900–1909

## Highlights des Jahrzehnts

### 1900

- Weltausstellung in Paris
- Niederschlagung des Boxeraufstandes in China
- Uraufführung der Oper »Tosca« von Giacomo Puccini in Rom
- Probefahrt des ersten Zeppelins »LZ 1«

### 1901

- Die britische Königin Victoria stirbt
- Erste Nobelpreise verliehen
- Thomas Mann veröffentlicht die »Buddenbrooks«
- Mordattentat auf US-Präsident McKinley, Theodore Roosevelt wird Nachfolger

### 1902

- Beendigung des Burenkrieges in Südafrika
- Krönung Eduards VII. zum König von Großbritannien
- Inbetriebnahme der Transsibirischen Eisenbahn
- Kunstströmung »Jugendstil« auf dem Höhepunkt

### 1903

- Serbischer König Alexander I. ermordet
- Erste Tour de France
- Erster Motorflug der Brüder Wright
- Kampf der Suffragetten um das Frauenwahlrecht
- Margarethe Steiff präsentiert den »Teddy-Bären«

### 1904

- Hereroaufstand in Deutsch-Südwestafrika
- Beginn des Russisch-Japanischen Krieges
- Arthur Korn gelingt die erste Bildtelegraphie

### 1905

- Petersburger »Blutsonntag«
- Tangerbesuch Wilhelms II. führt zur Ersten Marokkokrise
- Albert Einstein entwickelt »Spezielle Relativitätstheorie«
- Künstlergemeinschaft »Die Brücke« wird gegründet

### 1906

- Revolutionäre Unruhen und erstes Parlament in Rußland
- Roald Amundsen duchfährt die Nordwestpassage
- Dreyfus-Affäre beigelegt
- Erdbeben verwüstet San Francisco

### 1907

- Pablo Picasso malt »Les Demoiselles d'Avignon« und begründet den Kubismus
- Erste Farbfotografien von Louis Jean Lumière

### 1908

- Ford baut Modell T (»Tin Lizzy«)
- Österreich-Ungarn annektiert Bosnien und Herzegowina
- Durchbruch der olympischen Idee bei Spielen in London
- 30 000 Jahre alte Statuette (Venus von Willendorf) gefunden

### 1909

- Robert E. Peary erreicht als erster Mensch den Nordpol
- Louis Blériot überfliegt den Ärmelkanal
- Unruhen in Persien: Schah Mohammed Ali dankt ab

◀ **Opernstar Enrico Caruso als Bajazzo an der New Yorker »Met« (1903)**

## Sonntag 1. April

*Technik*

**Eine neue Gebührenordnung** für Telefongespräche tritt in Deutschland in Kraft. Künftig kostet ein Dreiminutengespräch über eine Entfernung bis 25 km 20 Pfennig; für ein dreiminütiges Telefonat in einen mehr als 1000 km entfernten Ort muß man 2 Mark bezahlen. Mit etwa 3400 Fernleitungen verfügt Deutschland über das größte Fernleitungsnetz in Europa. Allein von der Reichshauptstadt Berlin aus können die Besitzer eines Anschlusses mit über 700 Orten telefonieren.

*Politik*

**Die deutschen Handwerker erhalten** eine Interessenvertretung: Im Deutschen Reich werden 53 Handwerkskammern gegründet, die u.a. die Lehrlingsausbildungen überwachen und die Fachschulen bei der Ausbildung des Berufsnachwuchses unterstützen sollen. Die Kammern stehen unter Aufsicht eines staatlichen Kommissars.

*Wetter*

**Im April 1900 ist das Wetter nicht besonders erfreulich.** So liegt die mittlere Lufttemperatur mit 7,7 ° C niedriger als das langjährige Mittel von 8,3 ° C, und es fällt mit 48,6 mm bei einem Mittelwert von 41,0 mm auch ungewöhnlich viel Niederschlag.

## Montag 1. April

*Politik*

**Die Einführung des Achtstunden-Arbeitstages** in seinen optischen Betrieben beschließt der Unternehmer Carl Zeiss in Jena, da sich ein einjähriger Versuch mit der verkürzten Arbeitszeit bewährt hat. Zeiss ist ein Vorreiter bei der Reduzierung der Arbeitszeit. Erst nach dem Sturz der Monarchie in Deutschland wird am 23. November 1918 der Achtstundentag allgemein eingeführt, jedoch fünf Jahre darauf in der Zeit der Inflation teilweise durch Einschränkungen wieder aufgehoben.

*Gesellschaft*

**Ein neues Fürsorgegesetz** tritt in Preußen in Kraft. Es ermöglicht dem Staat, die Unterbringung Minderjähriger in Heimen und ihre Zwangserziehung anzuordnen, sofern eine »Gefahr der Verwahrlosung in sittlicher, geistiger oder körperlicher Hinsicht« besteht. Zuvor waren solche Zwangsmaßnahmen nur möglich, wenn Kinder straffällig geworden waren.

*Wetter*

**Warm, aber regnerisch** ist der April 1901: Die Temperaturen liegen mit 9,2 °C zwar höher als der Durchschnittswert von 8,3 °C, es fällt aber auch mit 49,3 mm 8,3 mm mehr Niederschlag als üblich.

# Dienstag 1. April

*Gesellschaft*

**Zu einer abenteuerlichen Weltreise** in einem motorisierten Wohnwagen startet in London E.E. Lehwess. Unterstützt wird sein Vorhaben von der französischen Firma Panhard & Levassor, die den Wagen ausgestattet und mit einem 25-PS-Motor versehen hat. Die Reise führt Lehwess über Paris, Berlin und Polen bis nach Rußland, wo er bei Nischni Nowgorod wegen eines Motorschadens sein Vorhaben einer Weltumrundung aufgeben muß.

**Preise in den Jahren 1900–1909**

| | |
|---|---|
| 1 kg Butter | 2,46 |
| 1 kg Mehl | 0,35 |
| 1 kg Fleisch | 1,55 |
| 1 Ei | 1,05 |
| 1 l Vollmilch | 1,00 |
| 10 kg Kartoffeln | 0,65 |

in Mark, Stand 1905

*Kultur*

**Nach achtjähriger Bauzeit** ist das neue Bundeshaus in der schweizerischen Hauptstadt Bern fertiggestellt. Der mächtige Bau, dessen Nordfassade wie ein römischer Tempel gestaltet ist, trägt die Inschrift »CURIA CONFOEDERATIONIS HELVETIAE«, also »Rathaus der Eidgenossenschaft«.

*Wetter*

**Ausgesprochen unbeständig** ist es im April 1902. Die Niederschlagsmenge liegt mit 105,5 mm weit über dem Durchschnittswert von 41 mm.

# Mittwoch 1. April

Sport

**Während des Bergrennens Nizza-La Turbie** verunglückt der russische Fahrer Louis Graf Zborowski mit seinem 60-PS-Mercedes tödlich. Der reiche Aristokrat, ein lebenslustiger Kosmopolit und begeisterter Automobilist, war ein sehr erfolgreicher Rennfahrer. Er gewann 1902 nicht nur das La-Turbie-Bergrennen, sondern belegte auch auf dem dreitägigen, 990 km langen Rennen von Paris nach Wien den vierten Platz in der Gesamtwertung. Auch sein Sohn, Louis Graf Zborowski jr., kommt 1924 bei einem Rennunfall ums Leben.

Im Deutschen Reich tritt das Fleischbeschaugesetz in Kraft. Es verbietet die Einfuhr von Fleisch in Konserven, von Wurst oder »sonstigen Gemengen aus zerkleinertem Fleisch.« Es soll Billigimporte verhindern.

Politik

**Die Verhandlungen zwischen** der katholischen Zentrum und den Vertretern der Polen im Ruhrgebiet über ein Zusammengehen bei Wahlen werden abgebrochen. Die Ruhrpolen wollen eigene Kandidaten aufstellen.

Wetter

**Warm anziehen** muß man sich im April 1903, da die mittlere Lufttemperatur mit 6,3 0C ganze zwei Grad unter dem langjährigen Mittel liegt.

## Freitag 1. April

*Gesellschaft*

**Nach zwei Überwinterungen im Eis** treffen die Mitglieder der von Robert F. Scott geleiteten Antarktisexpedition an Bord des Segelschiffs »Discovery« im neuseeländischen Hafen Lyttelton ein. Scott sammelt als Leiter der Expedition Erfahrungen, die er 1911/12 im Wettlauf mit dem Norweger Roald Amundsen um die Eroberung des geographischen Südpols nutzen kann; dennoch erreicht er den Pol erst nach Amundsen und kommt auf dem Rückweg mit seinen Begleitern in Schneestürmen um.

*Politik*

**Bochum wird Großstadt:** Durch die Eingemeindung der Orte Grumme, Hamme, Hofstede und Wiemelhausen steigt die Einwohnerzahl der Ruhrgebietsstadt auf 108 000.

*Gesellschaft*

**Nur noch 10 Pfennig** kostet in Deutschland ab sofort ein dreiminütiges Telefonat (Ortsgespräch).

*Wetter*

**Angenehm warm** ist der April 1904. Die Durchschnittstemperatur liegt mit 10,0 °C deutlich über dem langjährigen Mittel von 8,3 °C.

# Samstag 1. April

*Kultur*

**Das neue Rathaus von Stuttgart** wird im Beisein des baden-württembergischen Königs Wilhelm II. eingeweiht. Der pompöse Bau, der Elemente von Gotik, Renaissance und Jugendstil verbindet, spiegelt – wie andere in dieser Zeit entstehende Rathäuser – den Versuch des Bürgertums, durch Monumentalität und Rückgriff auf historische Stile dem eigenen gesellschaftlichen Aufstieg Ausdruck zu verleihen.

**Rekorde 1900–1909**

**400 m:** Maxey Long (USA) – 47,8 sec (1900)
**Weitsprung:** Peter O' Connor (IRL) – 7,61 m (1901)
**Stabhochsprung:** Walter Dray (USA) – 3,90 m (1908)
**Kugelstoßen:** R. Rose (USA) – 15,56 m (1909)

*Politik*

**Ein Gesetz, wonach die Friedenspräsenzstärke** – also die Zahl der in Friedenszeiten eingezogenen Soldaten – innerhalb von vier Jahren um 10 000 Mann auf 500 000 erhöht werden soll, wird vom Reichstag in Berlin gebilligt. Neun Jahre vor Beginn des Ersten Weltkriegs (1914) sind die Anzeichen für ein Aufrüsten der Großmächte unverkennbar.

*Wetter*

**Der April macht, was er will:** 1906 ist es in diesem Monat mit 6,°C kalt und mit 55,2 mm Niederschlag auch sehr regnerisch (langjähriges Mittel 41 mm).

# Sonntag 1. April

»Linie ohne Bauch«: Das Korsett, ein modisches Muß für die elegante Frau

*Gesellschaft*

**Einen Aprilscherz erlaubt sich** die »Berliner Illustrirte«. Sie berichtet, daß an der deutsch-österreichischen Grenze das erste »Röntgenzollamt« eingerichtet worden ist, das Reisende und ihr mitgeführtes Gut durchleuchtet. Tags darauf folgt das Dementi.

*Technik*

**Straßenunfälle sollen** nach einer Anordnung der Reichsregierung künftig fortlaufend erfaßt werden – 20 Jahre nach der Erfindung des Automobils sind Unfälle im Straßenverkehr also erstmals Gegenstand einer amtlichen Statistik. Im ersten Berichtsjahr (1906/07) werden im Deutschen Reich 4864 Unfälle gezählt, bei denen 145 Personen getötet und 2419 verletzt werden.

*Wetter*

**Im April 1906 ist es mit einer mittleren Temperatur** von 10,5 °C eher warm und extrem niederschlagsarm: Es fallen nur 11,8 mm Niederschläge, nicht einmal ein Drittel des langjährigen Mittelwerts von 41 mm.

## Ostermontag 1. April

*Gesellschaft*

**Nach einem Winter mit strengem Frost** und viel Schnee erleben die Deutschen Osterfeiertage, wie sie freundlicher kaum sein könnten. Von den Vorortbahnen der Großstädte ziehen die Menschen auf der Suche nach Erholung zu Zehntausenden in Wald und Flur. Weder Verkehrsstörungen noch Berichte von Mordtaten trüben das Fest der Auferstehung der Natur.

*Politik*

**Sehr gemäßigt geben sich** die französischen Sozialisten, die sich in Lyon zu einem Nationalkongreß versammeln. Die Delegierten lehnen »direkte Aktionen« und Generalstreiks als »gefährlich« ab. Außerdem wird ein Antrag angenommen, der eine Herabsetzung der Rüstungsausgaben fordert, sich aber eindeutig von pazifistischen Strömungen distanziert.

Gute Figur in Sakkoanzug und Wettermantel: Die Mode für den Herrn

*Wetter*

**Sehr trocken ist der April 1907** mit 26,6 mm Niederschlag im Vergleich zum langjährigen Mittel von 41 mm.

# Mittwoch 1. April

*Politik*

**Die II. Deutsche Heimarbeiter-Ausstellung** wird in Frankfurt am Main eröffnet. Nach der Berliner Ausstellung von 1906 wird zum zweiten Mal anhand von vielen Beispielen das Elend und die Ausbeutung der Heimarbeiter eindringlich vor Augen geführt. Hungerlöhne zwingen die zu Hause Arbeitenden, pro Tag zwölf Stunden und länger tätig zu sein. Die Schau erfährt großen Publikumszuspruch und bleibt bis zum 18. Juni geöffnet.

### Stars der Jahre 1900–1909

**Isadora Duncan**
Tänzerin
**Gustav Mahler**
Komponist/Dirigent
**Anna Pawlowa**
Tänzerin
**Sarah Bernhardt**
Schauspielerin
**Orville/Wilbur Wright**
Flieger

*Gesellschaft*

**Die bayerischen Bischöfe verbieten** den katholischen Pfarrern jede aktive Teilnahme an liberalen Versammlungen und liberalen Vorträgen, damit der Bevölkerung kein »schlechtes Beispiel« gegeben wird.

*Wetter*

**Kaum größere Abweichungen** sind im April 1908 beim Wetter zu verzeichnen: Die Lufttemperatur liegt mit 6,8 °C unter dem langjährigen Mittelwert von 8,3 °C, die Niederschlagsmenge mit 43,6 mm knapp über dem Durchschnittswert von 41 mm.

# Donnerstag 1. April

*Kultur*

**Posthum wird die Oper »Zenithba«** (Die Heirat) des russischen Komponisten Modest Mussorgski (1839–1881) in St. Petersburg uraufgeführt. Das Fragment gebliebene Werk ist 1868 entstanden. Am Tag der Uraufführung jährt sich zum 100. Mal der Geburtstag des russischen Schriftstellers Nikolai Gogol (1809–1852), auf dessen Erzählung »Die Heirat« sich die Oper basiert.

*Politik*

**Ein Gesetz, das Weitergabe oder Verkauf von Tabak**- und Alkoholerzeugnissen an Jugendliche unter 16 Jahren unter Strafe stellt, tritt in Großbritannien in Kraft.

*Politik*

**Bei einem Handgemenge** zwischen Abgeordneten der Regierung und der Opposition werden im italienischen Parlament in Rom mehrere Parlamentarier verletzt.

*Wetter*

**Weder hinsichtlich der Niederschlagsmenge** noch der Temperatur gibt es im April 1909 größere Abweichungen vom langjährigen Mittel.

# 1910-1919

## Highlights des Jahrzehnts

### 1910

- Georg V. wird nach dem Tod Eduards VII. britischer König
- Der Halleysche Komet passiert die Erde
- Bürgerliche Revolution beendet Monarchie in Portugal
- Wassily Kandinsky begründet die abstrakte Malerei
- Sieg des Schwarzen Jack Johnson bei Box-WM

### 1911

- Bürgerkrieg in Mexiko
- »Panthersprung nach Agadir« löst Zweite Marokkokrise aus
- Militärputsch leitet chinesische Revolution ein
- Roald Amundsen gewinnt den Wettlauf zum Südpol

### 1912

- Erster Balkankrieg
- Woodrow Wilson wird 28. US-Präsident
- Untergang der »Titanic«
- Büste der ägyptischen Königin Nofretete gefunden

### 1913

- Zweiter Balkankrieg
- Niels Bohr entwirft neues Atommodell
- Größter Bahnhof der Welt (Grand Central Station) in New York eingeweiht

### 1914

- Österreichs Thronfolger in Sarajevo ermordet
- Ausbruch des Ersten Weltkrieges
- Eröffnung des Panamakanals

### 1915

- Stellungskrieg im Westen
- Beginn der Ostoffensive
- Charlie Chaplin wird mit »Der Tramp« Star des US-Kinos
- Versenkung der »Lusitania« durch ein deutsches U-Boot

### 1916

- Schlacht um Verdun
- Osteraufstand in Irland niedergeschlagen
- Seeschlacht vor dem Skagerrak
- Der österreichische Kaiser Franz Joseph I. stirbt
- Rasputin ermordet

### 1917

- Beginn des uneingeschränkten U-Boot-Krieges
- Zar Nikolaus II. dankt ab
- Oktoberrevolution in Rußland

### 1918

- US-Präsident Wilson verkündet 14-Punkte-Programm zur Beendigung des Krieges
- Russische Zarenfamilie ermordet
- Waffenstillstand von Compiègne beendet Ersten Weltkrieg
- Novemberrevolution: Kaiser Wilhelm II. dankt ab, Philipp Scheidemann ruft die deutsche Republik aus

### 1919

- Spartakusaufstand niedergeschlagen
- Rosa Luxemburg und Karl Liebknecht ermordet
- Friedrich Ebert erster Reichspräsident
- Versailler Vertrag

◀ **Schöne Spionin in deutschem Auftrag: Mata Hari wird 1917 erschossen**

## Freitag 1. April

*Gesellschaft*

**Das Großkaufhaus »Printemps«** öffnet in der Nähe des Pariser Opernhauses seine Toren. Das im Jugendstil gestaltete Gebäude, in dem unterschiedlichste Waren für den Massenbedarf angeboten werden, ist von einer farbigen Glaskuppel gekrönt. Paris ist die Stadt mit der längsten Warenhaustradition Europas.

*Gesellschaft*

**Durch Eingemeindungen** von zehn Landgemeinden und der Stadt Rödelheim wird Frankfurt am Main mit einer Gesamtfläche von 13 500 ha zur flächenmäßig größten deutschen Stadt. Die Reichshauptstadt Berlin ist von der Fläche her nur halb so groß. Die Einwohnerzahl der Mainmetropole wächst um etwa 35 000 auf 410 000. Wie die »Städtischen Nachrichten« betonen, kommen die neuen Mitbürger in den Genuß der Vorteile von »Kanalisation, Wasserleitung, Versorgung mit Gas« samt dem »Anschluß an das städtische Straßenbahnnetz«.

*Wetter*

**Frühlingsgefühle entstehen** im launischen Monat April, der 1910 ungewöhnlich warm und niederschlagsarm ausfällt.

# Samstag 1. April

*Gesellschaft*

**Die Arbeitersiedlung Margarethenhöhe in Essen** ist in ihrem ersten Bauabschnitt fertiggestellt. Die Siedlung wird von der Margarethe-Krupp-Stiftung finanziert. Die Essener Unternehmerwitwe hat anläßlich der Hochzeit ihrer Tochter Bertha im Jahre 1906 1 Mio. Mark und ein 50 ha großes Gelände für die Errichtung von »Wohnungen für die minderbemittelten Klassen« zur Verfügung gestellt.

*Politik*

**»Gegen die Verfassungsbrecher,** gegen die Dreadnoughts (Schlachtschiffe) und Dreadnoughtsteuern, gegen die Regierungsknechte und Ministerstreber, gegen die Lebensmittelteuerung und den Wohnungswucher« – mit diesen Parolen eröffnen die österreichischen Sozialdemokraten ihren Wahlkampf für die Reichsratswahlen am 13. Juni. Trotz markiger Worte müssen die Sozialdemokraten den Verlust von fünf Mandaten hinnehmen, bleiben jedoch zweitstärkste Fraktion im Wiener Parlament.

*Wetter*

**Bei üblichen Temperaturen** (langjähriger Durchschnitt 8,3 ° C) ist der April 1911 mit einer Niederschlagsmenge von 30 mm im Vergleich zum langjährigen Mittel von 41 mm eher trocken.

# Montag 1. April

*Politik*

**In Marokko** tritt der Ende März von Sultan Abd Al Hafis unterzeichnete Protektoratsvertrag mit Frankreich in Kraft. Das Abkommen steht am Ende langjähriger französischer Bestrebungen, die eine Vorherrschaft über das nordafrikanische Land zum Ziel hatten. Künftig ist der Sultan bei seinen politischen Entscheidungen von der Zustimmung des französischen Vertreters in Marokko abhängig.

*Technik*

**Eine bayerische Fliegerkompanie** wird in Oberschleißheim geschaffen. Die etwa 60 Mitarbeiter dieser ersten deutschen Luftwerft haben die Aufgabe, die Flugapparate zu warten.

*Politik*

**Kriminelle dürfen künftig nicht mehr** in der französischen Armee tätig sein. Mit einem entsprechenden in Paris veröffentlichten Dekret werden die sog. Disziplinarsoldaten abgeschafft.

*Wetter*

**Wenig Spektakuläres** gibt es im April 1912 zu vermelden: Temperaturen und Niederschlagsmenge weichen kaum vom langjährigen Mittel ab.

# 1913

## Dienstag 1. April

*Kultur*

**Nicht in Spanien,** sondern im französischen Nizza gelangt »La vida breve« (Das kurze Leben) zur Uraufführung, eine Oper, in der der Komponist Manuel de Falla andalusische Tanzrhythmen mit typisch maurischen Klangelementen wirkungsvoll verknüpft. Trotz der Anlehnung an die spanische Folklore kam die geplante Uraufführung in Madrid nicht zustande.

*Politik*

**Klagen über die wachsende Konkurrenz** auf den internationalen Frachtlinien bestimmen die Diskussionen auf dem 5. deutschen Seeschiffahrtstag, der nach zweitägiger Dauer in Berlin zu Ende geht. Die Delegierten widmen sich ferner der medizinischen Ausbildung der Schiffsoffiziere.

### Stars der Jahre 1910–1919

**David Wark Griffith**
Filmregisseur
**Mary Pickford**
Filmschauspielerin
**Enrico Caruso**
Sänger
**Douglas Fairbanks**
Filmschauspieler
**Charlie Chaplin**
Filmschauspieler

*Wetter*

**Den Regenschirm** kann man im April 1913 häufig zu Hause lassen: Mit 12 mm liegt die Niederschlagsmenge deutlich unter dem langjährigen Durchschnittswert von 41 mm.

# Mittwoch 1. April

Kultur

**Begeistert aufgenommen wird die Uraufführung** der Oper »Notre Dame« an der Wiener Hofoper. Das Libretto beruht auf dem bekannten Roman von Victor Hugo, die spätromantische Musik stammt von Franz Schmidt, der seit 1896 als Cellist an der Oper tätig ist. Wegen eines Konflikts zwischen Schmidt und dem damaligen Direktor des Opernhauses, Gustav Mahler, verschwand das 1904 fertiggestellte Werk zunächst in der Schublade.

Der Physiker Albert Einstein übernimmt im Alter von 35 Jahren die Direktion des Kaiser-Wilhelm-Instituts für Physik in Berlin. Bereits 1905 entwickelte Einstein die spezielle Relativitätstheorie, die die Physik revolutionierte.

Politik

**Ein Untersuchungsausschuß** im französischen Parlament beendet seine Arbeit. Die Parlamentarier sehen es als erwiesen an, daß Finanzminister Joseph Caillaux 1911 rechtswidrig in einen Finanzschwindlerprozeß eingegriffen hat, um den Angeklagten zu decken.

Wetter

**Über ungewöhnlich warmes Wetter** kann man sich im April 1914 freuen. Die mittlere Lufttemperatur liegt mit 10,3 °C deutlich über dem langjährigen Durchschnitt von 8,3 °C.

# Donnerstag 1. April

*Politik*

**Aus Anlaß des 100. Geburtstags** des ersten deutschen Reichskanzlers, Fürst Otto von Bismarck, finden im ganzen Deutschen Reich Gedenkfeiern statt. In Festreden wird die Rolle des 1898 gestorbenen Politikers bei der Gründung des Deutschen Reichs 1871 gewürdigt. In Zeiten des Krieges werden die Feiern auch zu Propagandazwecken genutzt. So erklärt Reichskanzler Theobald von Bethmann Hollweg in einer Ansprache in Berlin: »Was Bismarck geschaffen, kein Deutscher läßt es sich rauben! ... Er hat uns gelehrt: Furcht nur vor Gott, Zorn gegen den Feind, Glauben an unser Volk.«

**Preise in den Jahren 1910–1919**

| | |
|---|---|
| 1 kg Butter | 2,74 |
| 1 kg Mehl | 1,90 |
| 1 kg Fleisch | 3,00 |
| 1 Ei | 0,13 |
| 1 l Vollmilch | 0,25 |
| 10 kg Kartoffeln | 3,30 |
| Stundenlohn | 0,66 |

in Mark, Stand 1913

*Politik*

**Die unbefriedigende Munitionsproduktion** in Großbritannien kritisiert die »Times« in einem Leitartikel. Die Ursachen sieht die Zeitung in Lohnstreitigkeiten und im übermäßigen Alkoholkonsum der Arbeiter in den Munitionsfabriken.

*Wetter*

**Eher warm und trocken** ist es im April 1915.

# 1916

## Samstag 1. April

*Politik*

**Der britische Premierminister** Herbert Asquith stattet Papst Benedikt XV. in Rom einen Besuch ab. Er erhofft sich davon eine beschwichtigende Einwirkung des Oberhaupts der katholischen Kirche auf die antibritisch eingestellte irische Geistlichkeit.

**Rekorde 1910–1919**

**Schwimmen:** H. Hebner (USA) – 1:20,8 min/100 m Rücken (1912)
**100 m:** Nina Popowa (RUS) – 13,1 sec (1913)
**Hochsprung:** C. Larson (USA) – 2,03 m (1917)
**Speerwerfen:** Jonni Myyrä (FIN) – 66,10 m (1919)

*Gesellschaft*

**Harte Strafen** sollen das Funktionieren der Kriegswirtschaft sichern. Im Deutschen Reich treten neue Bestimmungen in Kraft, die das Überschreiten der gesetzlich festgelegten Höchstpreise für bestimmte Waren sowie das Horten solcher Waren mit bis zu einem Jahr Gefängnis oder 10 000 Mark Geldstrafe ahnden. In der Vergangenheit hatte die Festsetzung von Höchstpreisen vielfach dazu geführt, daß die betreffenden Waren im Handel kaum zu finden waren.

*Wetter*

**Warme Temperaturen erfreuen** die Menschen im April 1916. Die mittleren Temperaturen liegen mit 9,5 °C ungewöhnlich hoch.

# 1917

## Sonntag 1. April

*Gesellschaft*

**Unter Versorgungsmängeln** leiden die Deutschen im dritten Jahr des Weltkriegs. Die Brotrationen im Deutschen Reich werden zum 1. April auf 170 g pro Tag und die Kartoffelrationen auf 2500 g pro Woche gekürzt. Erwachsene erhalten zusätzlich jede Woche 80 g Butter, 250 g Fleisch, 180 g Zucker und ein halbes Ei.

*Politik*

**Einen halben Monat nach der Abdankung** des russischen Zaren Nikolaus II. erklärt die von bürgerlich-liberalen Kräften gebildete Provisorische Regierung Rußlands unter Alexander Kerenski in einer an die Alliierten gerichteten Note, das Land werde bis zum siegreichen Ende an ihrer Seite gegen Deutschland kämpfen. Nach mehreren militärischen Rückschlägen schließt erst die mit der Oktoberrevolution 1917 an die Macht gekommene kommunistische Führung am 3. März 1918 einen Sonderfrieden mit Deutschland und Österreich-Ungarn (Frieden von Brest-Litowsk).

*Wetter*

**Kühl und ungemütlich** ist es im April 1917 mit einer Durchschnittstemperatur von 5,3 °C. Die langjährige Mitteltemperatur liegt bei 8,3 ° C.

## Montag 1. April

*Technik*

**Geburt der Luftpost:** Auf der Linie Wien-Aspern-Olmütz-Krakau-Lemberg-Kiew wird die erste internationale Luftpostlinie der Welt eingerichtet. Die Beförderung von Briefen, die mit entsprechenden Luftpostwertzeichen versehen sind, beschleunigt sich zwischen diesen Städten erheblich. Vier Probeflüge sind vorausgegangen.

Die Herrenkleidung wird sportlicher. Dazu gehört der weiche Hut

*Technik*

**Die Deutsche Luftwaffe** rüstet als erste Armee der Welt ihre Piloten zur Sicherheit mit Fallschirmen aus. Den ersten Notabsprung wagt der deutsche Flieger Weimer, dessen Maschine über den britischen Linien abgeschossen wird. Weimer wird beim Fallschirmsprung nicht verletzt, gerät aber in britische Kriegsgefangenschaft.

*Wetter*

**Im letzten Kriegsjahr ist zumindest das Wetter** milde gestimmt. Die Durchschnittstemperatur im April 1918 liegt mit 11,4 °C deutlich über dem Mittel von 8,3 °C.

## *Dienstag 1. April*

*Politik*

**Die von sozialistischen** und kommunistischen Arbeiterführern in Essen gegründete Allgemeine Bergarbeiterunion proklamiert für den 1. April den Generalstreik. Innerhalb von vier Tagen folgen 345 000 von 375 000 Kumpeln dem Streikaufruf. Sie fordern den Sechsstundentag für Schichtarbeiter, Lohnerhöhungen um 25 % und eine Garantie für das Rätesystem. Die Regierung verhängt den Ausnahmezustand.

*Gesellschaft*

**Zwei Versuchsschulen** richtet die Oberschulbehörde in Hamburg ein, die von den herkömmlichen Bindungen an Lehr- und Stundenplan befreit sind. Ziel der Modellschulen ist die Überwindung der starren Dreigliedrigkeit von Volksschule, Mittelschule und Gymnasium. Unterrichtet werden soll – unter Verzicht auf alle Anordnungen – »vom Kinde her«.

Das praktische Sportkleid für die Jagd und für Bergtouren

*Wetter*

**Trübe und regnerisch** ist der April 1919. Mit 62 mm fällt überdurchschnittlich viel Niederschlag.

# 1920–1929

## Highlights des Jahrzehnts

### 1920

- Prohibition: Alkoholverbot in den USA
- NSDAP verabschiedet ihr Programm
- Kapp-Putsch scheitert
- Erstmals Salzburger Festspiele

### 1921

- Alliierte besetzen das Rheinland
- Hitler wird NSDAP-Vorsitzender
- Hormon Insulin entdeckt
- Rudolph Valentino wird Frauenidol
- Vertrag von Sèvres bedeutet Ende des Osmanischen Reichs

### 1922

- Hungersnot in Rußland
- »Deutschlandlied« wird zur Nationalhymne erklärt
- Mussolinis Marsch auf Rom
- Gründung der UdSSR
- Grab des Tutanchamun entdeckt
- Deutsch-russische Annäherung durch Vertrag von Rapallo
- Gründung der BBC
- Johnny Weissmuller stellt über 100 m Kraul den ersten seiner 67 Weltrekorde auf (58,6 sec)

### 1923

- Franzosen besetzen Ruhrgebiet
- Hitlers Putschversuch scheitert
- Währungsreform beendet Inflation im Deutschen Reich
- Die Türkei wird Republik

### 1924

- Erstmals Olympische Winterspiele
- Revolutionsführer Lenin stirbt
- Dawes-Plan lockert finanzielle Zwänge für Deutschland
- VIII. Olympische Spiele: Läufer Paavo Nurmi gewinnt 5 Goldmedaillen

### 1925

- Einparteiendiktatur in Italien
- Neugründung der NSDAP
- Hindenburg wird nach dem Tod Eberts Reichspräsident
- Europäische Entspannung durch Locarno-Pakt
- Joséphine Baker wird im Bananenröckchen zum Weltstar

### 1926

- Japans Kaiser Hirohito besteigt den Thron
- Militärputsch Pilsudskis in Polen
- Walt Disneys Mickey Mouse erblickt das Licht der Welt
- Deutschland im Völkerbund

### 1927

- Stalin entmachtet politische Gegner
- Charles Lindbergh überfliegt den Atlantik
- Uraufführung des Films »Metropolis« von Fritz Lang

### 1928

- Briand-Kellogg-Pakt zur Kriegsächtung unterzeichnet
- Alexander Fleming entdeckt das Penicillin
- »Dreigroschenoper« von Brecht und Weill uraufgeführt
- Erste Transatlantik-Fluglinie

### 1929

- Youngplan regelt Reparationen
- »Schwarzer Freitag« in New York löst Weltwirtschaftskrise aus
- Erste Oscar-Verleihung in Hollywood
- Antikriegs-Roman »Im Westen nichts Neues« von Erich Maria Remarque

**Der Charleston erobert in den 20er Jahren weltweit die Tanzsäle**

## Donnerstag 1. April

*Politik*

**Den Einmarsch von Reichswehrtruppen** in das Ruhrgebiet, das sich seit zwei Wochen im Arbeiteraufstand befindet, beschließt die Reichsregierung in Berlin. Die Reichswehreinheiten und die Sicherheitspolizei, die mit brutalen Mitteln wie Massenverhaftungen und Hinrichtungen gegen die Aufständischen vorgehen, bringen das Gebiet rasch unter ihre Kontrolle. Als Reaktion auf den Einmarsch der Regierungstruppen, der gegen die Bestimmungen des Versailler Vertrags verstößt, besetzen französische Truppen Frankfurt und vier weitere Städte des Rhein-Main-Gebiets.

*Politik*

**Die sieben Staatseisenbahnen** der deutschen Länder werden aufgelöst und in ein reichseinheitliches Bahnsystem überführt. Gleichzeitig wird das Post- und Fernmeldewesen von der Reichsverwaltung übernommen.

*Wetter*

**Eine leichte Jacke genügt,** aber einen Regenschirm muß man im April 1920 immer dabei haben, ist es doch mit einer Niederschlagsmenge von 103 mm und einer mittleren Temperatur von 10,8 °C überdurchschnittlich warm und regnerisch.

# Freitag 1. April

Politik

**Aus Protest gegen Lohnkürzungen** und um einheitliche Löhne der für unterschiedliche Grubenbesitzer arbeitenden Kumpel durchzusetzen, treten etwa 200 000 Bergarbeiter in Großbritannien in den Streik. Da sich die anderen britischen Gewerkschaften den Forderungen nach einem Generalstreik am 15. April versagen, müssen die Bergarbeiter allein weiterstreiken. Leere Streikkassen zwingen die Gewerkschaft schließlich nach über drei Monaten Arbeitskampf, niedrigere Löhne hinzunehmen.

Politik

**Der Versuch des abgedankten österreichen Kaisers Karl I.,** der zugleich als Karl IV. König von Ungarn ist, in Budapest wieder an die Macht zu gelangen, mißglückt. Der ungarische Reichsverweser Miklós Horthy verweigert sich der Forderung Karls, ihn wieder als König einzusetzen, woraufhin dieser in die Schweiz zurückkehrt. Genau ein Jahr später stirbt er auf Madeira.

Wetter

**Wenig Regen** beschert der als besonders launisch geltende April im Jahr 1921: Es fallen nur 24 mm Niederschlag. Der langjährige Durchschnittswert beträgt 41 mm.

# Samstag 1. April

*Politik*

**Eine Spendensammlung** zugunsten notleidender alter Menschen im Deutschen Reich fordert Reichspräsident Friedrich Ebert vor Vertretern politischer und wirtschaftlicher Verbände. Er verweist darauf, daß die Selbstmordrate in dieser Bevölkerungsgruppe in den letzten zwei Jahren rapide angestiegen sei.

Tiefe Taille und schmale Silhouette: Mode im Zeichen von Art déco

*Gesellschaft*

**Bad Pyrmont,** ein vor dem Weltkrieg beim Hochadel beliebter Kurort, tritt offiziell dem Land Preußen bei.

*Politik*

**Durch Eingemeindung** von vier Orten wird Leipzig mit 636 000 Einwohnern viertgrößte Stadt im Deutschen Reich. Mit Abstand die bevölkerungsreichste deutsche Stadt ist Berlin mit 3,8 Mio. Einwohnern.

*Wetter*

**Eher kühl** präsentiert sich der April 1922: Mehr als 2 °C liegt die Durchschnittstemperatur unter dem langjährigen Mittel von 8,3 °C.

## Ostersonntag 1. April

*Politik*

**Zu antirussischen Kundgebungen,** die sich gegen die Verurteilung hoher katholischer Geistlicher in Moskau richten, kommt es in Warschau. Am 26. März sind mehrere Angehörige des katholischen Klerus zum Tode verurteilt worden, weil sie sich geweigert haben, Kirchengut an den Staat abzutreten. Die Todesurteile werden später in lange Haftstrafen umgewandelt. Seit der Oktoberrevolution 1917 sind katholische und russisch-orthodoxe Geistliche in Sowjetrußland schweren Verfolgungen ausgesetzt.

Vornehm und doch lässig: Burberry aus imprägniertem Baumwollstoff

*Kultur*

**Die hauptsächlich von Sozialdemokraten** und Kommunisten initiierte Freie Weltliche Schule wird in Hamburg-Harburg eröffnet. Die konfessionslose Schule zeichnet sich durch Koedukation, Abschaffung der Prügelstrafe und weitgehende Selbstverwaltung aus.

*Wetter*

**Schlechtes Wetter** sorgt für schlechte Stimmung: Im April 1923 ist es eher kalt und regnerisch.

## Dienstag 1. April

*Politik*

**Im Hochverratsprozeß gegen Adolf Hitler,** General a.D. Erich Ludendorff und acht weitere am Hitlerputsch vom November 1923 Beteiligte werden die Urteile gesprochen. Das zuständige Münchner Gericht läßt Milde walten: Ludendorff wird unter Würdigung seiner Feldherrenverdienste im Weltkrieg freigesprochen, Hitler und vier weitere Angeklagte erhalten fünf Jahre Festungshaft, die Mindeststrafe für Hochverrat.

*Kultur*

**Das Theater in der Josefstadt in Wien** wird unter der Direktion Max Reinhardts neu eröffnet. Zum Auftakt wird Carlo Goldonis »Der Diener zweier Herren« gegeben.

*Kultur*

**Das Chilehaus,** ein Werk des Architekten Fritz Höger, wird in Hamburg eingeweiht. Als »Schiff aus Stein« wird der Klinkerbau bezeichnet, dem ein ganzes Stadtviertel weichen mußte.

*Wetter*

**Exakt 71 mm Niederschlag,** 30 mm mehr als üblich, sind im April 1924 zu verzeichnen.

# Mittwoch 1. April

### Kultur

**Die Hebräische Universität** wird in Jerusalem vom früheren britischen Außenminister James Balfour eingeweiht. Aus diesem Anlaß kommt es zu Protesten unter den in Palästina lebenden Arabern, da Balfour sich 1917 für die »Errichtung einer jüdischen nationalen Heimstädte« in Palästina eingesetzt hatte. Palästina steht als Treuhandgebiet des Völkerbundes unter britischer Verwaltung.

### Gesellschaft

**Findiger Landwirt:** Der Essener Jungbauer Wilhelm Barkhoff baut seinen an der Sommerburgstraße in Essen gelegenen Pachthof zu einer Gartengaststätte, genannt »Bauer Barkhoff«, aus. Durch die schnelle Ausdehnung der seit 1910 in Bau befindlichen Arbeitersiedlung Margarethenhöhe kann er den Hof nicht mehr landwirtschaftlich nutzen. Barkhoff veranstaltet für seine Gäste Rundfahrten mit dem Ponywagen.

### Wetter

**Fast ein Grad wärmer als üblich** ist es im April 1925.

**Rekorde in den 20er Jahren**

**Schwimmen:** J. Weissmuller (USA) – 58,6 sec/ 100 m Freistil (1922)
**10 000 m:** P. Nurmi (FIN) – 30:06,1 min (1924)
**1500 m:** O. Peltzer (GER) – 3:51,0 min (1926)
**Kugelstoßen:** Emil Hirschfeld (GER) – 16,04 m (1928)

# Donnerstag 1. April

*Politik*

**Sieben führende deutsche Montanunternehmen** schließen sich zusammen und gründen die Vereinigten Stahlwerke AG mit Sitz in Düsseldorf, eines der größten Industrieunternehmen der Weimarer Republik. Der Mammutkonzern, dem u.a. Stinnes, Thyssen und Phoenix angehören, produziert über 40% des deutschen Rohlstahls und beschäftigt 200 000 Menschen.

**Stars der 20er Jahre**

**Buster Keaton**
Filmschauspieler
**Johnny Weissmuller**
Schwimmer
**Rudolph Valentino**
Filmschauspieler
**Joséphine Baker**
Tänzerin
**Charles Lindbergh**
Flieger

*Gesellschaft*

**Durch die Neuregelung** kommunaler Grenzen im rheinisch-westfälischen Industriebezirk entstehen die Städte Wanne-Eickel (aus den aufgelösten Gemeinden Eickel, Wanne und Röhlinghausen) und Castrop-Rauxel (aus Bövinghausen, Merklinde, Frohlinde, Dingen, Ickern, Habinghorst, Bladenhorst, Castrop und Rauxel). Auch Wattenscheid wird eine selbständige Stadt.

*Wetter*

**Luftig anziehen kann** man sich im April 1926: Die mittlere Lufttemperatur beträgt 10,9 °C, liegt also 2,6 °C über dem langjährigen Mittel.

# Freitag 1. April

*Kultur*

**»Der Mann im Dunkel« heißt das neueste Stück** von Friedrich Wolf, das am Stadttheater Essen uraufgeführt wird. Drei junge naturbegeisterte Gymnastinnen ziehen sich auf eine einsame Insel zurück, um dort unter gesellschaftsfreien Bedingungen ein neues Leben zu beginnen. Sie führen einen Kampf gegen drei Männer, die es gleichfalls auf die Insel verschlagen hat. Am Ende steht der Wunsch der Mädchen nach einem Kind. Das Stück wird vom Publikum eher mit Unverständnis aufgenommen.

*Gesellschaft*

**Zu einem tragischen Zwischenfall** kommt es bei den Gedenkfeiern zum 112. Geburtstag von Ex-Reichskanzler Bismarck. Als General Ernst von Wrisberg am Bismarckdenkmal beim Berliner Reichstag eine kleine Rede hält, fordern ihn Polizeiposten zum Abbruch auf, da Sprechen unter freiem Himmel in der Bannmeile verboten ist. Wrisberg regt sich über das Vorgehen der Polizisten so auf, das er einen tödlichen Schlaganfall erleidet.

*Wetter*

**Nur 0,1 °C wärmer als im März** ist es im April 1927 mit einer Durchschnittstemperatur von 7,1 °C. Der langjährige Mittelwert liegt bei 8,3 ° C.

## Sonntag 1. April

*Gesellschaft*

**Der »eiserne Gustav«** startet von Berlin aus zu einer spektakulären Kutschfahrt nach Paris. Gustav Hartmann, der älteste deutsche Droschkenkutscher, will damit auf den Niedergang seines Berufsstands – mehr und mehr werden die Pferdedroschken durch Benzindroschken (Taxis) verdrängt – aufmerksam machen. Der »eiserne Justav« wird bei seiner Ankunft in der Seinemetropole am 4. Juni begeistert gefeiert.

2,23 Mio. Rundfunkteilnehmer gibt es nach einer in Berlin veröffentlichten Statistik im Deutschen Reich. Hinter den USA und Großbritannien liegt Deutschland bei der Nutzung des neuen Mediums damit auf Rang drei.

*Kultur*

**Der Schweizer Architekt** Hannes Meyer übernimmt die Leitung des Dessauer Bauhauses, der wegweisenden Hochschule für Gestaltung. Sein Vorgänger Walter Gropius hatte im Februar seinen Rücktritt erklärt, um sich verstärkt wieder eigener Bautätigkeit zu widmen. Gropius hatte das Bauhaus als Stätte neuer Gestaltungsformen 1919 gegründet.

*Wetter*

**Unangenehm ist das Wetter** im April 1928: Die Temperaturen liegen wie die Niederschlagsmengen knapp unter dem langjährigen Mittel.

# Ostermontag 1. April

*Politik*

**Der Freistaat Waldeck gibt seine Selbständigkeit** auf und schließt sich dem Land Preußen an. Der ganz von preußischem Gebiet umgebene Kleinstaat hatte bis 1807 unter hessischer Lehnshoheit gestanden und war danach mit Beitritt zum zweiten Rheinbund souverän geworden. Das Land schloß sich nach 1866 Preußen an, wurde jedoch 1918 wieder Freistaat. Die nun vollzogene Vereinigung erfolgt vorrangig aus wirtschaftlichen Gründen.

**Preise in den 20er Jahren**

| | |
|---|---|
| 1 kg Butter | 3,60 |
| 1 kg Mehl | 0,50 |
| 1 kg Fleisch | 2,50 |
| 1 Ei | 0,20 |
| 10 kg Kartoffeln | 0,80 |
| Stundenlohn | 0,93 |

in RM, Stand 1926 (ohne Inflationsjahre)

*Politik*

**Die Türkei tritt dem Litwinow-Protokoll** bei und verpflichtet sich damit gemäß dem Briand-Kellogg-Pakt vom 27. August 1928 zur Ächtung des Krieges. Der Pakt, der erstmals in der Geschichte den Angriffskrieg für völkerrechtswidrig erklärt hat, tritt mit der Ratifizierung durch Japan als letzter der 15 Signatarmächte am 24. Juli 1929 in Kraft.

*Wetter*

**Mit einer mittleren Temperatur** von 4,8 °C ist es im April 1929 außerordentlich kalt.

# 1930–1939

## Highlights des Jahrzehnts

### 1930

- Mahatma Gandhi startet Salzmarsch
- Marlene Dietrich avanciert im Film »Der Blaue Engel« zum Weltstar
- Uruguay wird erster Fußballweltmeister
- Max Schmeling durch Disqualifikationssieg Boxweltmeister im Schwergewicht

### 1931

- Spanien wird Republik
- Vorführung des Ganzmetallflugzeugs »Ju 52« (»Tante Ju«)
- Empire State Building höchstes Gebäude der Welt
- Mafia-Boß Al Capone hinter Gittern

### 1932

- Staatsstreich in Preußen
- Wahlsieg der NSDAP
- Chaco-Krieg um Erdöl zwischen Bolivien und Paraguay
- Proklamation des Staates Saudi-Arabien

### 1933

- Adolf Hitler zum Reichskanzler ernannt
- Reichstagsbrand in Berlin
- Ermächtigungsgesetz in Kraft
- Deutsche Studenten verbrennen »undeutsche« Literatur

### 1934

- Nationalsozialistischer Volksgerichtshof gegründet
- »Röhm-Putsch« niedergeschlagen
- Mord an Bundeskanzler Dollfuß – Ende der 1. Republik Österreich
- Maos Kommunisten in China auf dem »Langen Marsch«

### 1935

- Judenverfolgung mit sog. Nürnberger Gesetzen
- Italien marschiert in Äthiopien ein
- Porsche baut Prototyp für VW »Käfer«
- Deutsch-britisches Flottenabkommen

### 1936

- Beginn des Spanischen Bürgerkriegs
- Volksfrontregierung in Frankreich
- Ausstellung »Entartete Kunst«
- XI. Olympische Spiele in Berlin zur NS-Propaganda genutzt
- Margaret Mitchell veröffentlicht »Vom Winde verweht«
- Schauprozesse in der UdSSR

### 1937

- Krieg zwischen Japan und China
- Georg VI. in London gekrönt
- Zeppelin LZ »Hindenburg« explodiert in Lakehurst
- Niederländische Kronprinzessin Juliana heiratet Prinz Bernhard

### 1938

- »Anschluß« Österreichs ans Deutsche Reich
- Münchner Abkommen soll Hitler bezähmen
- Terror gegen Juden in der »Reichskristallnacht«
- Otto Hahn gelingt erste Atomspaltung

### 1939

- Deutsche Truppen marschieren in Prag ein
- Hitler-Stalin-Pakt
- Beginn des Zweiten Weltkrieges

**Gewaltfreiheit als Prinzip: Mahatma Gandhi auf seinem »Salzmarsch« (1930)**

# Dienstag 1. April

*Politik*

**Der neugewählte deutsche Reichskanzler** Heinrich Brüning (Zentrum) gibt im Reichstag seine Regierungserklärung ab. Brüning ist der erste Kanzler der Weimarer Republik, der im Reichstag nicht über eine stabile Mehrheit verfügt, sondern sich allein auf das Vertrauen von Reichspräsident Paul von Hindenburg stützt. Brüning befürwortet die Einführung autoritärer Institutionen und eine politische und militärische Stärkung Deutschlands.

### Stars der 30er Jahre

**Louis Armstrong**
Trompeter
**Marlene Dietrich**
Filmschauspielerin
**Greta Garbo**
Filmschauspielerin
**Fred Astaire**
Tänzer/Schauspieler
**Sonja Henie**
Eiskunstläuferin

*Kultur*

**Marlene Dietrich feiert mit** dem Film »Der blaue Engel«, der in Berlin uraufgeführt wird, ihren ersten großen Erfolg. Insbesondere ihr Lied »Ich bin von Kopf bis Fuß auf Liebe eingestellt« begeistert das Publikum. Regisseur der Verfilmung von Heinrich Manns »Professor Unrat« ist Josef von Sternberg.

*Wetter*

**Den Regenschirm öfter mal zu Hause lassen** kann man im April 1930, fällt er doch mit 35 mm Niederschlag eher regenarm aus.

# *Mittwoch 1. April*

*Technik*

**Die Deutsche Lufthansa A.G.** und die Avio Linea Italiane nehmen den regelmäßigen Personenflugverkehr über die Alpen zwischen München und Mailand bzw. Rom und Berlin auf. Angesichts der technischen Probleme, die eine Alpenüberquerung immer noch aufwirft, bleibt die Linie vorerst auf den Sommer beschränkt. In Nord-Süd-Richtung startet das Flugzeug im Anschluß an den Schlafwagen aus Berlin in München und erreicht per Zwischenstopp in Mailand nach rund sechs Stunden Rom. In umgekehrter Richtung wird Berlin von Rom aus direkt angeflogen.

*Politik*

**Mißtrauensanträge der SPD** gegen die nationalsozialistischen Minister Wilhelm Frick und Willy Marschler werden vom thüringischen Landtag gebilligt. Die von Landbund, DVP und Wirtschaftspartei gestellten Regierungsmitglieder bleiben im Amt. Frick hatte am 23. Januar 1930 als erster NSDAP-Politiker ein Ministeramt in einem deutschen Teilstaat übernommen.

*Wetter*

**Nicht sehr angenehm** ist das Wetter im April 1931 mit einer Mitteltemperatur von nur 6,0 °C.

# Freitag 1. April

*Kultur*

**Ein Gnadengesuch des Journalisten** Carl von Ossietzky wird vom Reichspräsident Paul von Hindenburg abgelehnt. Wegen eines Artikels in der »Weltbühne«, in dem er über die geheime, gegen den Versailler Vertrag verstoßende Zusammenarbeit zwischen Reichswehr und Roter Armee berichtet hatte, war Ossietzky zu 18 Monaten Gefängnis verurteilt worden. Er tritt seine Strafe am 10. Mai 1932 an, wird jedoch noch im gleichen Jahr amnestiert. Nach dem Reichstagsbrand 1933 erneut verhaftet, stirbt Ossietzky nach Aufenthalten in mehreren KZs am 4. Mai 1938 an den Haftfolgen.

**Rekorde in den 30er Jahren**

**200 m:** J. Carlton (AUS) – 20,6 sec (1932)
**Weitsprung:** Jesse Owens (USA) – 8,13 m (1935)
**Weitsprung:** Erika Junghans (GER) – 6,07 m (1939)
**400 m:** Rudolf Harbig (GER) – 46,0 sec (1939)

*Gesellschaft*

**Die 1. Chirurgische Klinik** der Berliner Charité wird infolge der Wirtschaftskrise aus Mangel an Finanzmitteln geschlossen.

*Wetter*

**Ganz im üblichen Rahmen** bewegt sich das Wetter im April 1932. Die mittlere Temperatur entspricht mit 8,3 °C exakt dem langjährigen Durchschnitt.

## Samstag 1. April

*Politik*

**Einen Boykott jüdischer Geschäfte,** Anwälte und Ärzte erzwingt die NSDAP zweieinhalb Monate nach der Machtergreifung Adolf Hitlers. Die an den Geschäften und Praxen aufgestellten SA- und SS-Wachen haben die Aufgabe, die Bevölkerung darauf aufmerksam zu machen, daß der Inhaber Jude ist, und vor einem Einkauf bzw. einem Besuch zu warnen. Jüdische Geschäfte sind an den Eingangstüren durch Plakate oder Tafeln mit gelbem Fleck auf schwarzem Grund gekennzeichnet. In Berlin sind vor allem die Kaufhäuser Tietz, das vorsorglich geschlossen hat, und Wertheim in der Leipziger Straße Zentren des Boykotts.

*Gesellschaft*

**Mit der traditionellen Öffnung der Heiligen Pforte** in der Peterskirche zu Rom durch Papst Pius XVI. beginnt das Heilige Jahr, das bis Ostern 1934 dauern wird. Das Heilige Jahr gilt der 1900. Gedenkfeier des Todes Jesu und ist mit besonderen Gnadenmöglichkeiten verbunden.

*Wetter*

**Nicht besonders warm** ist das Wetter im April 1933 mit einer mittleren Lufttemperatur von 7,4 °C. Allerdings fällt mit 31 mm eher wenig Regen.

## Ostersonntag 1. April

Gesellschaft

**Der italienische Priester** und Sozialpädagoge Giovanni Bosco, genannt Don Bosco, wird in Rom vom Papst Pius XI. in einer feierlichen Zeremonie heiliggesprochen. In Italien wird Don Bosco (1815-1888), der sich tatkräftig für die Erziehung verwahrloster Knaben und Mädchen einsetzte, als Apostel der Wiederaussöhnung zwischen Staat und Kirche verehrt.

Figurbetonte Eleganz in den 30er Jahren: Kostüm aus Wollstoff mit Lederpaspeln

Gesellschaft

**Verordnungen »über die Schaffung** einheitlicher Sorten für Butter und Käse« treten im Deutschen Reich in Kraft. Von nun an gibt es nach Fettstufen eingeteilte Käsesorten – Doppelrahm-, Rahm-, Vollfett-, Dreiviertelfett-, Halbfett-, Viertelfett- und Magerkäse – und die vier Buttersorten Markenbutter, feine Molkereibutter, Landbutter und Kochbutter. Die Vermischung der Buttersorten ist unzulässig.

Wetter

**Frühlingshaft warm** ist es im April 1934 mit einer mittleren Temperatur von 11,5 °C.

# Montag 1. April

Politik

**Durch das »3. Gesetz zur Überleitung** der Rechtspflege auf das Reich« werden die Justizbehörden der Länder in Reichsbehörden umgewandelt. Die NS-Regierung setzt damit die Gleichschaltung der deutschen Justiz fort.

Politik

**Entsprechend der NS-Rassenideologie** werden im Deutschen Reich Gesundheitsämter mit Abteilungen für »Erb- und Rassenpflege« eingerichtet.

Gesellschaft

**Die »Pommersche Zeitung«** kündigt in ihrer ersten Monatsausgabe an, daß jüdische Geschäftsleute nicht mehr in pommerschen Zeitungen inserieren dürfen. 14 Tage darauf folgt ein fadenscheiniges Dementi mit dem Hinweis, es habe sich um einen »Aprilscherz« gehandelt.

Der Herr liebt es eher klassisch: Sommersakko aus hellem Fischgrät

Wetter

**105 mm Niederschlag,** etwa zweieinhalbmal soviel wie im langjährigen Mittel, fallen im April 1935.

## Mittwoch 1. April

*Politik*

**Die allgemeine Wehrpflicht wird in Österreich** eingeführt. Sie verstößt gegen den Friedensvertrag von 1919, der dem im Ersten Weltkrieg unterlegenen Österreich lediglich ein Berufsheer von 30 000 Mann zugestand. Jugoslawien, die Tschechoslowakei und Rumänien, die mit Mißtrauen die Politik des autoritär regierten Österreich verfolgen, reagieren mit einer Protestnote.

*Technik*

**Carl Bosch, der 1931 den Nobelpreis für Chemie** erhalten hat, wird als Nachfolger des Physikers Max Planck Präsident der renommierten Kaiser-Wilhelm-Gesellschaft in Berlin.

*Politik*

**Mit dem Erlaß der »Reichsärzteordnung«** wird die Gleichschaltung der Ärzte im nationalsozialistischen Deutschland vorangetrieben. Künftig müssen alle praktizierenden Ärzte der neu gegründeten Reichsärztekammer angehören.

*Wetter*

**Eher kühl** ist das Wetter im April 1936 mit einer mittleren Temperatur von 7,6 °C.

## Donnerstag 1. April

*Kultur*

**Die Oper »Amelia Goes to the Ball«** (Amelia geht zum Ball) von Gian Carlo Menotti feiert bei der Uraufführung an der New Yorker Met Triumphe. Der Italo-Amerikaner, der auch das Libretto – eine Parodie des amerikanischen Alltagslebens – verfaßt hat, wird mit dieser seiner zweiten Oper schlagartig berühmt.

**Preise in den 30er Jahren**

| | |
|---|---|
| 1 kg Butter | 2,96 |
| 1 kg Mehl | 0,47 |
| 1 kg Fleisch | 1,60 |
| 1 l Vollmilch | 0,23 |
| 1 Ei | 0,10 |
| 10 kg Kartoffeln | 0,90 |
| 1 kg Kaffee | 5,33 |
| Stundenlohn | 0,78 |

in RM, Stand 1934

*Politik*

**Mit Inkrafttreten des »Groß-Hamburg-Gesetzes«** wächst Hamburg um die bisher preußischen Orte Altona, Harburg-Wilhelmsburg, Wandsbek sowie 27 Gemeinden der Kreise Stormarn, Pinneberg, Harburg und Stade. Das Gebiet des Staates Hamburg vergrößert sich von 41 500 auf 74 700 ha, die Bevölkerung steigt um 41% auf 1,68 Mio. Menschen.

*Wetter*

**Mit einer mittleren Temperatur** von 8,8 °C liegt der April 1937 knapp über dem langjährigen Mittel von 8,3 °C. Es fallen 59 mm Niederschlag, 18 mm mehr als das langjährige Mittel beträgt.

## Freitag 1. April

*Politik*

**Einen halben Monat nach dem »Anschluß«** Österreichs ans Deutsche Reich werden die ersten 150 Österreicher ins bayerische Konzentrationslager Dachau überführt. Durch die Massendeportation wird vor allem die bürgerliche Opposition gegen den Nationalsozialismus ausgeschaltet.

*Sport*

**Der Profiboxer Joe Louis (USA)** verteidigt seinen Titel als Schwergewichtsweltmeister durch K.o. in der fünften Runde gegen seinen Landsmann Harry Thomas. Am 22. Juni, schlägt Louis seinen deutschen Herausforderer Max Schmeling in New York in der ersten Runde k.o.

*Kultur*

**»Ich brech' die Herzen der stolzesten Frauen«** – mit diesem Lied singt sich Heinz Rühmann in der Filmkomödie »Fünf Millionen suchen einen Erben« (Regie: Carl Boese) in die Herzen des weiblichen Kinopublikums.

*Wetter*

**Knapp unter dem langjährigen Mittel** bleiben die Niederschlagsmengen im April 1938 mit 36 mm.

## Samstag 1. April

*Politik*

**Der Spanische Bürgerkrieg** endet mit dem militärischen Sieg der faschistischen Aufständischen unter Generalissimus Francisco Franco. Die Regierung Francos, deren Truppen am 28. März Madrid besetzt haben, ist schon vor dem offiziellen Ende der Kampfhandlungen von den Westmächten diplomatisch anerkannt worden.

*Politik*

**Die Schichtzeit im Bergbau** wird in Deutschland unter Tage von 8 auf 8 3/4 Stunden erhöht, über Tage verlängert sich die Arbeitszeit ebenfalls um 45 Minuten auf 9 3/4 Stunden. Hintergrund ist das Bestreben der nationalsozialistischen Führung, Deutschland in Hinblick auf den anvisierten Krieg – er beginnt genau fünf Monate darauf, am 1. September 1939 – von Kohleimporten unabhängig zu machen.

Gemäß der sog. Reichsgaragenordnung, die im Deutschen Reich in Kraft tritt, müssen überall dort, wo abgestellte Fahrzeuge den Verkehr behindern könnten, Garagen gebaut oder Parkplätze angelegt werden.

*Wetter*

**Ausgesprochen schön** ist das Wetter im April 1939: Die mittlere Temperatur beträgt 9,5 °C, und es fallen nur 34 mm Niederschlag.

# 1940–1949

## Highlights des Jahrzehnts

### 1940

- Deutscher Luftkrieg gegen Großbritannien
- Beginn der Westoffensive
- Winston Churchill neuer britischer Premierminister

### 1941

- Schottlandflug von Rudolf Heß
- Deutscher Überfall auf die Sowjetunion
- Japan greift Pearl Harbor an – Kriegseintritt der USA
- »Citizen Kane« von Orson Welles in den Kinos

### 1942

- Wannsee-Konferenz beschließt Judenvernichtung
- 6. Armee in Stalingrad eingeschlossen
- Beginn alliierter Luftangriffe auf deutsche Städte
- »Casablanca« mit Ingrid Bergman und Humphrey Bogart uraufgeführt

### 1943

- Goebbels propagiert den »totalen Krieg«
- Ende der Widerstandsgruppe »Weiße Rose«
- Aufstand im Warschauer Ghetto scheitert

### 1944

- Alliierte landen in der Normandie
- Stauffenberg-Attentat auf Hitler scheitert
- Charles de Gaulle wird Staatschef Frankreichs
- US-Präsident Franklin D. Roosevelt zum dritten Mal wiedergewählt

### 1945

- KZ Auschwitz befreit
- Bedingungslose Kapitulation Deutschlands
- Vereinte Nationen gegründet
- Beginn der Potsdamer Konferenz
- US-Atombomben zerstören Hiroshima und Nagasaki

### 1946

- Gründung der SED
- Nürnberger NS-Prozesse
- US-Atombombentests im Südpazifik
- Hilfe durch Care-Pakete aus den USA
- Französischer Kolonialkrieg in Vietnam

### 1947

- Marshallplan-Hilfe für Europa
- Indien feiert Unabhängigkeit von Großbritannien
- GATT regelt den Welthandel
- Thor Heyerdahls »Kon-Tiki«-Expedition erfolgreich

### 1948

- Mahatma Gandhi ermordet
- Währungsreform in Ost und West
- UdSSR verhängt Berlin-Blockade
- Staatsgründung Israels
- Korea gespalten
- UNO-Menschenrechtsdeklaration

### 1949

- Gründung der NATO
- Grundgesetz für die Bundesrepublik Deutschland verkündet
- Konrad Adenauer erster Bundeskanzler
- Proklamation der Deutschen Demokratischen Republik
- Chinesische Revolution

**Charlie Chaplin als »Großer Diktator« (1940)**

# Montag 1. April

Das Extravagante an diesem Sommerkleid – der mit Tapeziernägeln besetzte Gürtel

*Gesellschaft*

**Die Sommerzeit** wird im Deutschen Reich eingeführt, um den Energieverbrauch zu reduzieren.

*Politik*

**Um den »Anschluß« Österreichs** ans Deutsche Reich verwaltungstechnisch abzuschließen, wird gut zwei Jahre nach dem Einmarsch das Ostmarkgesetz erlassen. Künftig übernehmen die nationalsozialistischen Reichsstatthalter der einzelnen Gaue die Verwaltung der sog. Ostmark.

*Sport*

**Unter Versorgungsmängeln** beginnt der deutsche Sport zu leiden: Die Produktion von Spikes muß als nicht kriegswichtig gedrosselt werden. Für Sportvereine wird eine Rationierung eingeführt.

*Wetter*

**Ganz ungewöhnlich regenarm** ist der April 1940. Die Niederschlagsmenge erreicht mit 20 mm nicht einmal die Hälfte des langjährigen Durchschnittswert von 41 mm.

# Dienstag 1. April

*Politik*

**Der schweizerische Bundesrat** setzt die Gewerbefreiheit außer Kraft. Die Maßnahme wird mit der Notwendigkeit der Landesverteidigung und der Sicherstellung der Volksversorgung begründet. Sie soll dazu dienen, eine »unrationelle Verzettelung von Rohmaterialien zu verhindern«.

*Kultur*

**Mit einem Rundfunkgerät** sind nach in Berlin veröffentlichten Zahlen 72,8% aller Großstadthaushalte im Deutschen Reich ausgestattet. Die höchste Radiodichte weist die Stadt Dessau mit 88,7% auf.

Das Modemagazin »Esquire« stellt diese Abendmode für den Herrn vor

*Politik*

**Auf dem afrikanischen Kriegsschauplatz** melden die Alliierten einen neuerlichen Erfolg: Britische Truppen erobern Asmara, die Hauptstadt von Italienisch-Eritrea.

*Wetter*

**Die Sonne läßt sich im April 1941** nur 122,6 Stunden blicken; der Mittelwert liegt bei 193 Stunden.

# Mittwoch 1. April

*Politik*

**51 257 Juden leben nach am 1. April bekannt** gewordenen Zahlen in Deutschland. Vor der Machtübernahme durch die Nationalsozialisten, die eine systematische Vernichtung der Juden in ihrem Herrschaftsbereich betreiben, lebten 550 000 im Deutschen Reich.

*Politik*

**Beim Versuch, vom schwedischen Hafen Göteborg** nach Großbritannien durchzubrechen, werden zehn norwegische Frachter von deutschen Seestreitkräften angegriffen. Dabei werden zwei Schiffe versenkt, zwei weitere von Torpedos in Brand geschossen. Nur zwei Frachtern gelingt der Durchbruch nach Großbritannien, die restlichen kehren nach Göteborg zurück. Das Verfügungsrecht über die Schiffe, die seit der deutschen Invasion Norwegens im April 1940 in Göteborg festlagen, sprach der schwedische Oberste Gerichtshof am 17. März 1942 Großbritannien zu.

*Wetter*

**Den Regenschirm** kann man im April 1942 öfter zu Hause lassen, liegt die Niederschlagsmenge mit 21 mm doch deutlich unter dem langjährigen Mittel von 41 mm.

# Donnerstag 1. April

*Kultur*

**Das Orchester der Staatsoper Dresden** wird von der NS-Führung neben den Berliner Philharmonikern und der Preußischen Staatskapelle als drittes Orchester in die »Sonderklasse der Klangkörper« im Deutschen Reich aufgenommen.

*Politik*

**Für den Gedanken eines Separatfriedens** will der ungarische Ministerpräsident Nikolaus Kállay von Nagy-Kálló, der zu einem dreitägigen Besuch in Rom eintrifft, den italienischen Ministerpräsidenten und Duce Benito Mussolini gewinnen. Seit der Regierungsübernahme von Kállay im März 1942 sucht Ungarn, das seit November 1940 mit Deutschland, Italien und Japan verbündet ist, verstärkt Kontakt zu den Westalliierten. Dennoch erhält der ungarische Politiker in Rom eine Abfuhr. Mussolinis Unwillen, sich trotz schwerster militärischer Niederlagen aus dem Bündnis mit Deutschland zu lösen, führt bereits am 24./25. Juli 1943 zu seinem Sturz.

*Wetter*

**Wie ein Blick auf die Wetterdaten** belegt, ist es im April 1943 mit einer Durchschnittstemperatur von 10,2 °C recht warm.

# Samstag 1. April

*Politik*

**Durch einen Sabotageakt** wird in der Nähe der französischen Stadt Lille ein deutscher Militärzug zum Entgleisen gebracht. Als Vergeltung erschießen SS-Angehörige 86 Zivilisten, darunter auch Kinder.

Irrtümlich von 30 US-Flugzeugen bombardiert wird die schweizerische Stadt Schaffhausen. Bei dem schwersten Bombenangriff auf die neutrale Schweiz während des Zweiten Weltkriegs sterben 40 Menschen.

*Politik*

**Strenge Rassengesetze** werden zwei Wochen nach der deutschen Besetzung in Ungarn eingeführt. Sie sollen alle Juden aus dem gesellschaftlichen, politischen und wirtschaftlichen Leben ausschließen. Juden sind fortan verpflichtet, offen den Judenstern zu tragen. Alle jüdischen Angestellten, die im öffentlichen Dienst beschäftigt sind, werden entlassen. Juden werden ferner aus der Presse-, Theater- und Filmkammer ausgeschlossen.

*Wetter*

**Warm und eher trocken** ist es im April 1944 mit einer durchschnittlichen Lufttemperatur von 9,1 °C und einer Niederschlagsmenge von 33 mm. Die Sonne lugt 184,9 Stunden durch die Wolken (langjähriger Mittelwert: 193 Stunden).

# Ostersonntag 1. April

*Gesellschaft*

**Der Arc de Triomphe und Notre Dame in Paris** werden erstmals seit Beginn des Zweiten Weltkrieges wieder nachts angestrahlt – Zeichen der Hoffnung auf ein baldiges Ende der Kampfhandlungen, die dann tatsächlich mit der deutschen Kapitulation am 8. Mai 1945 in Europa aufhören.

*Politik*

**Alliierte Truppen, die von Remagen** aus durch das Sieger- und Sauerland das Ruhrgebiet von Süden her umschließen, treffen bei Lipstadt mit Teilen der 2. Britischen und der 9. US-Armee zusammen, die die nördliche Frontlinie halten. Damit ist der Ruhrkessel geschlossen. Mehr als 325 000 deutsche Soldaten mit 24 Generälen sind darin eingeschlossen. Die meisten ergeben sich, ohne Widerstand zu leisten. Nur einzelne SS-Gruppen kämpfen weiter.

### Rekorde in den 40er Jahren

**5000 m:** G. Hägg (SWE) – 13:58,2 min (1942)
**Hochsprung:** Fanny Blankers-Koen (HOL) – 1,71 m (1943)
**Marathon:** Suh Yun Bok (KOR) – 2:25:39 h (1947)
**Speerwerfen:** Natalia Smirnizkaja (URS) – 53,41 m (1949)

*Wetter*

**Nur wenig über dem Mittelwert von 8,3 °C** liegt die Durchschnittstemperatur mit 8,9 °C im April 1945.

## Montag 1. April

*Politik*

**Die deutschen Gerichte** bis einschließlich der Oberlandesgerichte nehmen auf Weisung des Alliierten Kontrollrats in allen vier Besatzungszonen die Arbeit wieder auf. Überprüfungen und Fragebögen sollen sicherstellen, daß Juristen, die in den Nationalsozialismus verstrickt waren, aus den Gerichten entfernt werden.

*Gesellschaft*

**Privater Briefverkehr** zwischen den deutschen Besatzungszonen und mit dem Ausland ist künftig wieder erlaubt, wie der Alliierte Kontrollrat als oberste Besatzungsbehörde in Deutschland bekanntgibt.

*Kultur*

**Nationalsozialistische Literatur** ist aus den öffentlichen Bibliotheken auszusondern. Die Verwaltung für Volksbildung in der sowjetischen Besatzungszone veröffentlicht eine Liste mit 14 000 Titeln, die zu entfernen sind.

*Wetter*

**Mit 11,2 °C Mitteltemperatur** und 31 mm Niederschlag gibt sich der April 1946 freundlich.

# Dienstag 1. April

*Technik*

**»American Overseas Airlines«,** eine US-amerikanische Fluggesellschaft, richtet ein tägliche Flugverbindung zwischen den USA und Deutschland ein – Zeichen der Normalisierung im zweiten Frühjahr nach Ende des Zweiten Weltkriegs.

*Politik*

**Der 45jährige Kronprinz Paul,** Bruder des verstorbenen Königs Georg II., wird zum neuen griechischen Staatsoberhaupt ausgerufen. Er ist bereits der sechste Monarch in der 125jährigen Geschichte des unabhängigen Griechenlands.

*Gesellschaft*

**Schulspeisungen lindern in Hamburg** den ärgsten Hunger. Die nun eingeführte Hoover-Speisung, die an die Stelle der knapperen sog. Englischen Speisung tritt, umfaßt täglich bis zu 216 000 Portionen. Der Zusammenschluß von US-amerikanischer und britischer Zone zur Bizone am 1. Januar 1947 ermöglichte die Neuregelung.

*Wetter*

**1,6 °C über dem langjährigen Mittel** von 8,3 °C liegt die Mitteltemperatur im April 1947.

# Donnerstag 1. April

*Politik*

**Verschärfte Kontrollmaßnahmen** und Behinderungen auf den Verbindungswegen zwischen den Westzonen und Berlin führt die sowjetische Militärverwaltung in Deutschland ein. Die Maßnahmen betreffen vor allem den Verkehr der westlichen Besatzungsmächte; diese richten deshalb eine »kleine Luftbrücke« ein. Bereits am 24. Juni verhängen die Sowjets eine Totalblockade über die Westsektoren Berlins, woraufhin die Westalliierten die Versorgung der Stadt aus der Luft aufnehmen.

**Preise in den 40er Jahren**

| | |
|---|---|
| 1 kg Butter | 3,50 |
| 1 kg Mehl | 0,45 |
| 1 kg Fleisch | 1,60 |
| 1 l Vollmilch | 0,26 |
| 1 Ei | 0,12 |
| 10 kg Kartoffeln | 1,00 |
| 1 kg Zucker | 0,76 |
| Stundenlohn | 0,81 |

in RM, Stand 1943

*Politik*

**Das Saarland und Frankreich** bilden eine Zollunion. Damit ist ein Ziel der französischen Nachkriegspolitik, die wirtschaftliche Angliederung des Saargebiets, erreicht. Erst zum 1. Januar 1957 kommt das Saarland zur Bundesrepublik

*Wetter*

**Frühlingshafte Temperaturen** von 11,6 °C im Schnitt sind im April 1948 in den Statistiken verzeichnet (langjähriger Mittelwert 8,3 ° C).

## Freitag 1. April

*Gesellschaft*

**Ennepetal heißt eine neue Stadt** am Südrand des Ruhrgebiets, die durch den Zusammenschluß der Gemeinden Milspe und Voerde entsteht.

*Politik*

**Neufundland wird als zehnte** Provinz Kanada angegliedert, wie im Vorjahr durch eine Volksabstimmung in dem britischen Dominion beschlossen. Auf der Insel wohnen weniger als 0,5% der Bevölkerung der kanadischen Föderation.

### Stars der 40er Jahre

**Humphrey Bogart**
Filmschauspieler
**John Wayne**
Filmschauspieler
**Katharine Hepburn**
Filmschauspielerin
**Hans Albers**
Filmschauspieler
**Joe Louis**
Boxer

*Gesellschaft*

**Bäcker können künftig reines Weizengebäck** auf Weißbrotmarken verkaufen: In den westlichen Besatzungszonen Deutschlands endet die Pflicht, dem Weizenmehl der Type 1050 anderes Mehl beizumischen.

*Wetter*

**Angenehm mild** ist die Luft im April 1949 mit einem Durchschnittswert von 10,9 °C. Der langjährige Mittelwert beträgt 8,3 ° C.

# 1950–1959

## Highlights des Jahrzehnts

### 1950

- Ausbruch des Koreakrieges
- Abschaffung der Lebensmittelmarken in Deutschland

### 1951

- Debatte um die Wiederaufrüstung Deutschlands
- Skandal um Hildegard Knef als »Sünderin«
- Erster Schritt zur europäischen Einigung: Montanunion perfekt
- Der persische Schah Mohammed Resa Pahlewi heiratet Soraya

### 1952

- Helgoland wieder unter deutscher Verwaltung
- Staatsstreich in Ägypten
- DDR riegelt Grenze ab
- Dwight D. Eisenhower wird zum 34. US-Präsidenten gewählt
- USA zünden Wasserstoffbombe
- In Deutschland bricht das Fernsehzeitalter an

### 1953

- Tod des sowjetischen Diktators Josef Stalin
- Volksaufstand in der DDR
- Elisabeth II. zur Königin von Großbritannien und Nordirland gekrönt
- Mount Everest: Höchster Berg der Welt bezwungen

### 1954

- Französische Niederlage in Vietnam
- Deutschland wird in Bern Fußballweltmeister
- Beginn des Algerienkrieges
- Mit »That's alright Mama« beginnt der Aufstieg von Elvis Presley

### 1955

- Die Bundesrepublik wird ein souveräner Staat
- Gründung des Warschauer Paktes
- Tragischer Tod von James Dean
- Erste »documenta«

### 1956

- Traumhochzeit von Grace Kelly und Rainier III. von Monaco
- Volksaufstand in Ungarn
- Suezkrise führt zu Nahostkrieg
- Musical »My Fair Lady« beginnt seinen Siegeszug um die Welt

### 1957

- Gründung der EWG
- »Sputnik-Schock« bildet Auftakt zu Wettlauf im All
- Heinz Rühmann als »Hauptmann von Köpenick« gefeiert
- Erste Massenimpfung gegen Kinderlähmung

### 1958

- De Gaulle und Adenauer begründen deutsch-französische Freundschaft
- Rock 'n' Roll-Fieber grassiert weltweit
- Pelé – Star der Fußballweltmeisterschaft in Schweden
- Atomium ist Wahrzeichen der Weltausstellung in Brüssel

### 1959

- Fidel Castro übernimmt die Macht in Kuba
- Hula-Hoop-Welle schwappt aus den USA nach Europa
- Premiere des Marilyn-Monroe-Films »Manche mögen's heiß«
- Erste Bilder von der Rückseite des Mondes

**Mit 23 schon ein Hollywood-Superstar: Audrey Hepburn mit »Oscar« (1953)**

# Samstag 1. April

*Gesellschaft*

**Das Spielkasino in Baden-Baden,** das 1944 – in der Endphase des Krieges – geschlossen worden war, wird wiedereröffnet. Zur glanzvollen Premierenfeier sind zahlreiche Prominente, darunter die Filmschauspielerin Lilian Harvey, in den rheinischen Kurort gekommen.

Mit dreieinhalb Längen Vorsprung gewinnt die Mannschaft von Cambridge das Bootsrennen auf der Themse gegen Oxford. Es ist das 100. Mal, daß die beiden Universitätsstädte aus diesem Anlaß aufeinandertreffen.

*Politik*

**Die Suche nach Vermißten** organisiert das Deutsche Rote Kreuz neu. Künftig übernimmt die Hamburger Dienststelle bundesweit die Suche nach vermißten Zivilpersonen und den Kindersuchdienst; von München aus soll das Schicksal vermißter Soldaten geklärt werden. Durch Suchmeldungen in Rundfunk und Zeitungen sowie durch Befragen heimkehrender Kriegsgefangener versucht das DRK, Familien zusammenzuführen oder ihnen zumindest Gewißheit über den Verbleib ihrer Angehörigen zu geben.

*Wetter*

**Recht kühl** ist es im April 1950: Die Temperatur liegt mit 7,9 °C unter dem Mittelwert.

## Sonntag 1. April

*Kultur*

**Musikliebhaber aller Schichten** und Altersgruppen, aber auch zukünftige Berufsmusiker können an den Kursen der Rheinischen Musikschule teilnehmen, die in Köln eröffnet wird. In Abendkursen erhalten auch berufstätige Bürger die Möglichkeit einer musikalischen Weiterbildung.

*Sport*

**Fußball-Lokalderby** mit sensationellem Ergebnis: Auf eigenem Platz schlägt der FC St. Pauli den Hamburger SV 5:0. Es ist dies der höchste Sieg St. Paulis über den großen Rivalen seit Kriegsende.

*Technik*

**9 492 657 Rundfunkteilnehmer** sind nach einer veröffentlichten Statistik im Bundesgebiet registriert. Die Zahl ist damit innerhalb nur eines Jahres um 1 766 052 gestiegen. In Österreich gibt es 1951 1 440 319 zahlende Hörfunkteilnehmer, in der Schweiz 890 312.

*Wetter*

**Ungewöhnliche 226 Stunden,** also 33 Stunden länger, als die langjährigen Statistiken erwarten lassen, scheint die Sonne im April 1951.

# Dienstag 1. April

### Gesellschaft

**Neue Fahndungsmethoden der Polizei** stellt die Illustrierte »stern« ihren Lesern vor. In einem Artikel, der später als Aprilscherz entlarvt wird, berichtet das Blatt von Streifenpolizisten, die mit Fernsehgeräten unter dem Arm auf Verbrecherjagd gingen. Auf den Polizeikappen würden »Dipol-Antennen« befestigt, mit denen die Gesetzeshüter Funksignale empfangen könnten. Diese würden zu Fernsehbildern über das aktuelle Treiben der Verbrecher umgesetzt.

**Preise in den 50er Jahren**

| | |
|---|---|
| 1 kg Butter | 6,75 |
| 1 kg Mehl | 0,76 |
| 1 kg Fleisch | 5,01 |
| 1 l Vollmilch | 0,40 |
| 1 Ei | 0,23 |
| 10 kg Kartoffeln | 2,14 |
| 1 kg Kaffee | 21,40 |
| Stundenlohn | 1,96 |

in DM, Stand 1955

### Sport

**Anbindung der DDR** an die Sowjetunion auch auf sportlichem Gebiet: Erstmals beziehen Schwimmer aus der DDR ein Trainingslager in der UdSSR. Der Lehrgang dauert zehn Tage.

### Wetter

**Ausgesprochen gut meint es Petrus** im April 1952: Die Durchschnittstemperatur liegt mit 11,8 °C deutlich über dem Mittelwert von 8,3 °C, und es fällt mit 24 mm auch sehr wenig Niederschlag.

# Mittwoch 1. April

*Kultur*

**Die Alexander-von-Humboldt-Stiftung** wird mit Sitz in Bonn wiedererrichtet. Die 1859 gegründete Stiftung, die vorübergehend ihr Wirken einstellen mußte, soll jungen ausländischen Akademikern Forschungsaufenthalte in der Bundesrepublik ermöglichen.

*Gesellschaft*

**Die Gleichberechtigung von Mann und Frau** wird in Deutschland in allen Bereichen rechtlich wirksam. Sämtliche Gesetzesbestimmungen, die mit der im Grundgesetz verankerten Gleichberechtigung nicht in Einklang stehen, verlieren ihre Gültigkeit. Nach dem Bürgerlichen Gesetzbuch dürfen Frauen ohne Zustimmung des Mannes keine Wohnung mieten und kein Konto eröffnen. Der Mann hat außerdem die elterliche »Alleinvertretungsmacht«. Erst am 1. Juli 1958 tritt das Gesetz über die Gleichberechtigung von Mann und Frau auf dem Gebiet des bürgerlichen Rechts in Kraft, mit dem das Alleinentscheidungsrechts des Mannes in der Ehe abgeschafft wird.

*Wetter*

**Nur 15 mm Niederschlag** fallen im April 1953. Der langjährige Mittelwert liegt bei 41 mm.

# Donnerstag 1. April

Kultur

**»Das zärtliche Land«** heißt die Oper von Aaron Copland, die an der New York City Opera zur Uraufführung gelangt. Der US-amerikanische Komponist, dessen Einfluß auf die Entwicklung der modernen Musik in seiner Heimat sehr groß ist, ist in von Einflussen des Jazz, des Neoklassizismus und der Zwölftontechnik geprägt.

Stets korrekt und im Zweifelsfall eher weit geschnitten: Herrenmode in den 50ern

Politik

**Die US-amerikanische Regierung** gibt einen Film frei, der die Wasserstoffbomben-Explosion auf dem Südsee-Atoll Eniwetok vom November 1952 zeigt. Das 1 km breite und 5 km lange Atoll wurde bei diesem ersten H-Bomben-Test, dessen Zerstörungskraft die der Atombombe von Hiroshima um das 700fache überstieg, vollständig zerstört.

Wetter

**Die Sonnenscheindauer weicht im April 1954** mit 190 Stunden zwar nur geringfügig vom langjährigen Mittel (193 Stunden) ab, dafür ist es aber mit 61 mm Niederschlag sehr regnerisch.

# Freitag 1. April

*Kultur*

**Die Rückgabe von 750 Kunstwerken** der Dresdner Gemäldegalerie sagt die Sowjetunion der DDR zu. Die Gemälde von Tizian, Raffael, Peter Paul Rubens und Albrecht Dürer war 1945 als Kriegsbeute in die UdSSR verbracht worden. Eines der wertvollsten Stücke der weltberühmten Sammlung ist die »Sixtinische Madonna« von Raffael. Es wird vermutet, daß in der Sowjetunion noch tausende Kunstwerke aus deutschen Museen lagern.

Für eine gute Figur auf der Tanzfläche: Kleid aus Chiné-Taft

*Technik*

**Wieder fliegen darf** die Deutsche Lufthansa nach zehn Jahren Pause. Die drei Westmächte haben der traditionsreichen, 1945 von den Siegermächten aufgelösten Gesellschaft die Genehmigung zur Wiederaufnahme ihres Flugdienstes erteilt. Mit einem Flug von Hamburg nach München eröffnet die Lufthansa den innerdeutschen Flugverkehr.

*Wetter*

**Ungemütlich** ist es im April 1955 mit einer Monatsmitteltemperatur von 6,8 °C.

## Ostersonntag 1. April

*Politik*

**Der Bundesnachrichtendienst (BND)** mit Sitz in Pullach bei München nimmt offiziell seine Tätigkeit auf. Die Aufgaben des Amtes, das unmittelbar dem Bundeskanzler unterstellt ist, beschränkt sich auf die Informationsbeschaffung im Ausland. Operationen im Inland sind dem BND – außer zum Selbstschutz – untersagt.

**Rekorde in den 50er Jahren**

**Kugelstoßen:** Jim Fuchs (USA) – 17,95 m (1950)
**10 000 m:** Emil Zátopek (TCH) – 28:54,6 min (1954)
**800 m:** R. Moens (BEL) – 1:45,7 min (1955)
**Eisschnellauf:** Eugen Grischin (URS) – 1000 m in 1:22,8 min (1955)

*Politik*

**Das Soldatengesetz,** das die allgemeine Wehrpflicht in der Bundesrepublik Deutschland vorsieht, tritt in Kraft. Eine entsprechende Grundgesetzänderung verabschiedete der Bundestag mit der erforderlichen Zweidrittelmehrheit am 19. März 1956. Mit dem Aufbau einer westdeutschen Armee wurde bereits im Herbst 1955 begonnen.

*Wetter*

**Seinem Ruf alle Ehre macht der April** im Jahr 1956: Er ist mit 102 mm extrem niederschlagsreich und mit einer mittleren Lufttemperatur von 5,4 °C sehr kalt (langjähriger Mittelwert 8,3 ° C).

# Montag 1. April

*Politik*

**Die ersten 10 000 Wehrpflichtigen** rücken in die Bundeswehrkasernen ein – exakt ein Jahr nachdem das Soldatengesetz, das die rechtlichen Grundlagen für eine Wehrpflichtigenarmee in Deutschland schuf, in Kraft getreten ist. Die Wehrpflichtigen des Geburtsjahres 1937 müssen einen einjährigen Dienst ableisten und erhalten einen Wehrsold von 2 DM pro Tag.

*Technik*

**Wie tarifvertraglich vereinbart,** tritt in einigen Industriebranchen der Bundesrepublik, z.B. im Baugewerbe und in der Metallindustrie in Nordrhein-Westfalen, eine Verkürzung der Arbeitszeit auf 45 Stunden in Kraft. Dies ist ein Durchbruch für die Gewerkschaften, die sich eine Reduzierung der Wochenarbeitszeit – bisher waren 48 Stunden üblich – auf die Fahnen geschrieben hat. Vorreiter ist der VW Konzern: Im Wolfsburger Werk wird die Fünf-Tage-Woche mit 42stündiger Arbeitszeit bei vollem Lohnausgleich eingeführt.

*Wetter*

**Nur unwesentliche Abweichungen** gibt es im April 1957 bei der Lufttemperatur: Sie liegt mit 8,6 °C nur 0,3 °C über dem langjährigen Mittelwert.

# Dienstag 1. April

*Gesellschaft*

**Das Auswandererschiff »Skaubryn«**, das am 14. März in Bremerhaven mit 1100 Passagieren, darunter 795 Deutschen, nach Australien ausgelaufen ist, gerät auf dem Indischen Ozean in Brand. Wie durch ein Wunder können alle Schiffbrüchigen von einem britischen Tanker gerettet werden.

*Kultur*

**Sechs Jahre nach dem Programmstart** erhält das Deutsche Fernsehen ein Programmschema, das für jeden Wochentag spezifische Sendungen vorsieht und durch Abstimmung zwischen den einzelnen Sendern eintönige Sendefolgen verhindern soll. Die Sparten Information, Unterhaltung, Fernsehspiel, »Leichtes Fernsehspiel« werden im zweiwöchigen Rhythmus auf die einzelnen Tage verteilt.

### Stars der 50er Jahre

**Marilyn Monroe**
Filmschauspielerin
**James Dean**
Filmschauspieler
**Elvis Presley**
Sänger
**Sophia Loren**
Filmschauspielerin
**Brigitte Bardot**
Filmschauspielerin

*Wetter*

**Selten lacht die Sonne im April 1958.** Die Sonnenscheindauer von 124 Stunden entspricht nicht einmal zwei Dritteln des langjährigen Mittelwerts von 193 Stunden.

# Mittwoch 1. April

*Kultur*

**Die Werbung hält sieben Jahre nach dem** deutschen TV-Start Einzug ins Fernsehen. Der Norddeutsche Rundfunk beginnt mit der Ausstrahlung von Spots in der Zeit zwischen 19.30 und 20.00 Uhr.

*Technik*

**Eine neue Fluglinie nach Athen und Istanbul** eröffnet die Deutsche Lufthansa. Sie dehnt damit ihr Flugstreckennetz auf 100 000 km aus.

*Politik*

**Im Ruhrbergbau einigen sich die Tarifpartner** über die Einführung der Fünf-Tage-Woche mit täglichen Acht-Stunden-Schichten bei vollem Lohnausgleich. Die stufenweise Einführung beginnt am 1. Mai 1959.

*Gesellschaft*

**Auf Madagaskar** sterben bei einer Unwetterkatastrophe über 3300 Menschen.

*Wetter*

**Eher freundlich** ist es im April 1959 mit einer Sonnenscheindauer von 203 Stunden.

# 1960-1969

## Highlights des Jahrzehnts

### 1960

- Gründung der EFTA
- Frankreich wird 4. Atommacht
- John F. Kennedy wird 35. Präsident der USA
- Hochzeit des Jahres: Fabiola und König Baudouin von Belgien

### 1961

- Erster Mensch im Weltraum: der Russe Juri Gagarin
- Bau der Mauer in Berlin
- Gründung von Amnesty International

### 1962

- Flutkatastrophe an der Nordseeküste und in Hamburg
- Kuba-Krise: USA erzwingen Abbau sowjetischer Raketenbasen
- »Spiegel«-Affäre löst Regierungskrise aus
- Start der erfolgreichsten Serie der Kinogeschichte: James Bond

### 1963

- Deutsch-Französischer Freundschaftsvertrag
- US-Präsident Kennedy wird in Dallas erschossen
- Marika Kilius und Hans-Jürgen Bäumler werden Weltmeister im Eiskunstlaufen

### 1964

- Die USA greifen in den Vietnamkrieg ein
- Revolution in der Damenmode: der Minirock
- Der 22jährige Cassius Clay wird jüngster Boxweltmeister
- UdSSR: Breschnew neuer KP-Chef
- Erfolgreichste Pop-Gruppe der 60er: die Beatles
- Den Rolling Stones gelingt der internationale Durchbruch

### 1965

- Im Alter von 90 Jahren stirbt in London Winston Churchill
- Erste Fotos vom menschlichen Embryo im Mutterleib
- Ziehung der Lottozahlen erstmals im Fernsehen

### 1966

- Große Koalition aus CDU/CSU und SPD gebildet
- APO beginnt sich zu formieren

### 1967

- Sechs-Tage-Krieg in Nahost
- Erste Herztransplantation
- Bürgerkrieg in Biafra
- Kult-Musical »Hair« wird uraufgeführt

### 1968

- Ermordung des schwarzen Bürgerrechtlers Martin Luther King und des US-Präsidentschaftskandidaten Robert Kennedy
- »Prager Frühling« durch Einmarsch von Warschauer-Pakt-Truppen beendet
- Aufklärungswelle erreicht den Schulunterricht

### 1969

- Willy Brandt wird Kanzler einer sozialliberalen Koalition
- Der erste Mensch betritt den Mond
- »Sesamstraße« begeistert Millionen von Kindern
- Rockfestival in Woodstock

**1969: Die ganze Welt wird vor dem Fernseher mondsüchtig**

# Freitag 1. April

»Mini« heißt das Schlagwort der 60er – hier in Form eines Strickkleides

*Technik*

**Der erste Wettersatellit** »Tiros I« wird vom US-amerikanischen Raketenstützpunkt Cape Canaveral aus über eine Trägerrakete in eine Erdumlaufbahn gebracht. Es handelt sich um den ersten praktisch genutzten Anwendungssatellit überhaupt . Er sendet bis zu seinem Ausfall am 17. Juni 22 952 Wolkenbilder an die Bodenstation in Fort Monmouth/New Jersey. Die gestochen scharfen Fotografien sind für die Meteorologie von großer Bedeutung.

*Politik*

**Der zweite französische Atomversuch** wird in der algerischen Sahara unternommen. Erst am 13. Februar 1960 ist Frankreich mit der Zündung des ersten Atomtests in der Sahara als vierter Staat neben den USA, der Sowjetunion und Großbritannien in den Kreis der Atommächte eingetreten. Die Weltöffentlichkeit reagiert auf den Test mit Protesten.

*Wetter*

**Vergleichsweise kühl** ist es im April 1960 mit einer Monatsmitteltemperatur von 7,6 °C.

# Samstag 1. April

Politik

**Jeder zweite und dritte Samstag im Monat** wird für die 70 000 Angestellten des privaten Bankgewerbes künftig arbeitsfrei sein. Der Deutsche Gewerkschaftsbund fordert eine entsprechende Regelung auch für die 120 000 Angestellten aller übrigen Banken und Sparkassen.

Politik

**Frauen als Sanitäter** gibt es künftig in der portugisischen Armee. Die Regierung Portugals gibt die Aufstellung eines weiblichen Sanitätskorps und die Bildung eines Freiwilligenkorps bekannt, das in den portugiesischen Kolonien stationiert werden soll.

Wetter

**Ganz außergewöhnlich warm** ist das Wetter im April 1961. Die durchschnittliche Lufttemperatur beträgt 11,2 °C und liegt damit knapp drei Grad über dem durch die Wetterstatistiken ermittelten langjährigen Durchschnittswert von 8,3 °C. Auch im Mai ist es 1961 nicht wärmer: Die Monatsmitteltemperatur beträgt ebenfalls 11,2 °C.

Kurzer Mantel mit Schlaghose: Auch in die Männermode kommt Bewegung

## Sonntag 1. April

*Politik*

**Auf eine atomare Bewaffnung** wollen die Schweizer nicht generell verzichten. In einer Volksabstimmung sprechen sich die wahlberechtigten Eidgenossen mit deutlicher Mehrheit gegen eine von den Linkssozialisten und Kommunisten lancierte Initiative aus, die ein Verbot der Herstellung, Einfuhr, Durchfuhr, Lagerung und Anwendung von Atomwaffen in der neutralen Schweiz vorsah.

*Technik*

**Mit der Aufstellung eines von der Computerfirma IBM** gestifteten Computers nimmt das Deutsche Rechenzentrum in Darmstadt seine Arbeit auf. Das Zentrum, dessen 5 Mio. DM teurer Bau erst im Herbst 1962 fertiggestellt wird, übernimmt für die deutschen Hochschulen und andere wissenschaftliche Einrichtungen Forschungsaufgaben, welche die Kapazität örtlicher Rechner überschreiten. Träger der Großrechenanlage ist eine Stiftung, die anteilig vom Bund, vom Land Hessen und von der Deutschen Forschungsgemeinschaft getragen wird.

*Wetter*

**Überdurchschnittlich hohe Temperaturen** werden im April 1962 gemessen (9,9 °C). Die Sonne läßt sich jedoch nur 165 Stunden lang blicken.

# Montag 1. April

*Kultur*

**Das Zweite Deutsche Fernsehen** nimmt um 19.30 Uhr in Mainz den Sendebetrieb auf. Die Gründung des ZDF geht auf einen am 6. Juni 1961 geschlossenen Staatsvertrag zurück. Bundeskanzler Konrad Adenauers Plan einer Deutschland-Fernsehen GmbH ist am Einspruch des Bundesverfassungsgerichts gescheitert, woraufhin die Bundesländer das Recht erhielten, ein weiteres Fernsehprogramm einzurichten.

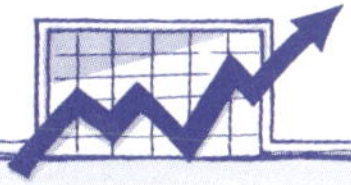

**Preise in den 60er Jahren**

| | |
|---|---|
| 1 kg Butter | 7,58 |
| 1 kg Mehl | 1,06 |
| 1 kg Fleisch | 7,91 |
| 1 l Vollmilch | 0,50 |
| 1 Ei | 0,21 |
| 10 kg Kartoffeln | 2,88 |
| 1 kg Kaffee | 16,61 |
| Stundenlohn | 4,15 |

in DM, Stand 1964

*Kultur*

**Eine Einladung zu den Filmfestspielen** in West-Berlin, die von der Bundesrepublik ausgesprochen wurde, lehnt die Sowjetunion mit der Begründung ab, Bonn besitze nicht die Befugnis, für Berlin zu sprechen.

*Wetter*

**In Südbayern und im Alpengebiet** setzen am 1. April 1963 für die Jahreszeit ungewöhnliche, starke Schneefälle ein. Sie verwandeln das Gebiet südlich der Donau in eine Winterlandschaft. Die Sonnenscheindauer beträgt im April 1963 nur 150 Stunden (langjähriges Mittel 193 Sonnenstunden).

## *Mittwoch 1. April*

*Sport*

**Der argentinische Boxer Alejandro Lavorante** stirbt, eineinhalb Jahre nachdem er schwere Verletzungen bei einer K.-o.-Niederlage in einem Kampf gegen den US-Amerikaner Johnny Riggins in Los Angeles davontrug.

*Gesellschaft*

**Um die Sicherheit der Jugendlichen** sorgt sich die französische Regierung. Personen unter 18 Jahren ist künftig untersagt, per Anhalter zu fahren.

*Politik*

**Der spanische Diktator Francisco Franco** erklärt erneut, daß Spanien eine Monarchie bleiben solle, da diese Staatsform den Bedürfnissen des Volkes entspreche. Bereits seit 1947 ist für die Nachfolge Francos die Wiedereinführung der Monarchie vorgesehen. Unter den verschiedenen Thronanwärtern entscheidet sich der Diktator für Juan Carlos, den Enkel des letzten spanischen Königs Alfons XIII. Am 22. November 1975, zwei Tage nach Francos Tod, wird dieser zum spanischen König proklamiert.

*Wetter*

**Nur 152 Stunden scheint im April 1964** die Sonne.

## Donnerstag 1. April

*Gesellschaft*

**Im »Heiratsschwindlerprozeß«** wird in Bielefeld eine 54jährige Frau zu 30 Monaten Gefängnis wegen fortgesetzten Betrugs verurteilt. Ohne heiratswillige Männer vorweisen zu können, hatte sich über 1000 Frauen einen Ehepartner versprochen und dafür mehr als 200 000 DM kassiert.

*Gesellschaft*

**Die »Aktion Seesack«** läuft bei der Bundeswehrverwaltung an. Etwa 500 000 Reservisten erhalten einen Bekleidungs- und Gerätesack mit einer militärischen Grundausrüstung – ohne Waffen und Munition -, den sie künftig sorgfältig zu Hause aufbewahren müssen. Die Bundeswehr entlastet sich mit dieser Maßnahme von der Lagerung der Gegenstände. Für den Fall allgemeiner Mobilmachung müssen die Reservisten nicht erst in den Kasernen eingekleidet werden.

König Hussein II. von Jordanien (29), seit 13 Jahren auf dem Haschemitenthron, proklamiert seinen 17jährigen Bruder Hassan ben Talal zum Kronprinzen und schließt damit seine eigenen Söhne von der Thronfolge aus.

*Wetter*

**Trübe ist das Wetter** im April 1965. Die Sonne scheint nur 109 Stunden, viel kürzer, als nach den Statistiken zu erwarten (Mittelwert: 193 Stunden).

# Freitag 1. April

*Technik*

**Der Wettbewerb »Jugend forscht«,** zu dem die Illustrierte »stern« aufgerufen hat, wird erstmals ausgetragen. Bei der Preisverleihung in der Hamburger Universität erhalten u.a. vier Schüler die Team-Auszeichnung für den Bau eines Computermodells. Sie nehmen im Mai in Dallas an der »International Science Fair« teil.

**Rekorde in den 60er Jahren**

**Stabhochsprung:** Brian Sternberg (USA) – 5,00 m (1963)
**Hochsprung:** V. Brumel (URS) – 2,28 m (1963)
**Weitsprung:** Bob Beamon (USA) – 8,90 m (1968)
**100 m:** Jim Hines (USA) – 9,9 sec (1968)

*Gesellschaft*

**Die »Mischehe«** ist kein »Weg zur beschleunigten Annäherung der Kirchen« – vor einem derartigen »Mißverständnis« warnt die katholische Deutsche Bischofskonferenz in einer in Freising veröffentlichten Erklärung. Nach römisch-katholischem Kirchenrecht ist die Ehe zwischen einem Katholiken und einem nichtkatholischen Christen unerlaubt; erst 1983 erfolgt eine Revision dieser Auffassung.

*Wetter*

**Viel Regen** fällt im April 1966; die Statistiken weisen eine Niederschlagsmenge von 87 mm auf.

# 1967

## Samstag 1. April

*Gesellschaft*

**Zahlen zur Konfessionszugehörigkeit** der Ehepartner bei neugeschlossenen Ehen in der Bundesrepublik Deutschland werden veröffentlicht. Danach sind 30% der neu geschlossenen Ehen konfessionell gemischt. 1959 waren noch bei 73,8 % aller neu geschlossenen Ehen die Partner gleicher Konfession.

*Kultur*

**»Sergeant Pepper's Lonely Hearts Club Band«** heißt die neue Langspielplatte der »Beatles«, die der Öffentlichkeit präsentiert wird. In einer Reihe von Nummern schlägt sich die Beschäftigung der britischen Popgruppe mit fernöstlicher Musik und Meditationstechniken nieder. Es ist das erste Album, das nach einem einheitlichen Konzept gestaltet ist.

*Wetter*

**Wenig Aufregendes** gibt es vom Wetter im April 1967 zu vermelden. Die Durchschnittstemperatur liegt allerdings mit 7,3 °C unter dem langjährigen Mittel von 8,3 ° C. Die Sonne scheint 145 Stunden.

### Stars der 60er Jahre

**Die Beatles**
Popgruppe
**Sean Connery**
Filmschauspieler
**Pelé**
Fußballspieler
**Jean Paul Belmondo**
Filmschauspieler
**Dustin Hoffman**
Filmschauspieler

## Montag 1. April

*Kultur*

**Die Studie »Die Unfähigkeit zu trauern«,** in der sich das Psychoanalytiker-Ehepaar Alexander und Margarete Mitscherlich kritisch mit der Verarbeitung der nationalsozialistischen Vergangenheit im Nachkriegsdeutschland auseinandersetzt, wird zum Bestseller. Das Buch erreicht Platz drei in der »Spiegel«-Bestsellerliste für Sachbücher. Die Mitscherlichs führen die Verdrängung der NS-Vergangenheit auf die andauernde Identifikation der Deutschen mit autoritären Vaterfiguren zurück. Der Titel ihrer Studie geht als geflügeltes Wort in den deutschen Sprachschatz ein.

*Gesellschaft*

**Die Vorsorge für werdende Mütter** wird in der Bundesrepublik verbessert: Alle in einer gesetzlichen Krankenkasse versicherten Frauen erhalten während der Schwangerschaft einen »Mutterpaß«, in dem die Ergebnisse der Vorsorgeuntersuchungen eingetragen werden.

*Wetter*

**Über herrliches Wetter** kann man sich im April 1968 freuen: Sowohl bei der Sonnenscheindauer wie bei der Monatsmitteltemperatur wird der statistische Durchschnitt weit übertroffen.

## Dienstag 1. April

*Gesellschaft*

**Hamburgs Pennäler können aufatmen:** An den Schulen der Hansestadt wird die körperliche Züchtigung endgültig abgeschafft.

*Politik*

**Erstmals seit 1956 findet in der Volksrepublik** China ein Kongreß der Kommunistischen Partei statt. Die Delegierten bestimmen während der bis zum 24. April dauernden Veranstaltung Lin Piao zum designierten Nachfolger des 75jährigen Parteivorsitzenden Mao Tse-tung.

*Gesellschaft*

**Ein Unternehmen von Weltrang** siedelt sich in Mülheim an der Ruhr an. Die Kraftwerks-Union, eine gemeinsame Tochtergesellschaft der Elektrokonzerne Siemens und AEG, nimmt hier ihren Sitz. Die Produktionspalette des neugegründeten Unternehmens umfaßt Dampf- und Gasturbinen, Turbogeneratoren und komplette Kernkraftwerksanlagen.

*Wetter*

**Quasi unverzichtbar ist der Regenschirm** im April 1969, in dem 101 mm Niederschlag fallen.

ORLANDO FLORIDA
ATLANTA GEORGIA
ORLANDO FLORIDA
ORLANDO FLORIDA
ATLANTA GEORGIA
ORLANDO FLORIDA
Walt Disney World.
FROM
MAYORS and
AROUND

# 1970–1979

## Highlights des Jahrzehnts

### 1970

- Neue deutsche Ostpolitik: Moskauer und Warschauer Vertrag
- Vietnamkrieg weitet sich auf Kambodscha aus
- Einstellung des Contergan-Prozesses

### 1971

- Einführung des Frauenwahlrechts in der Schweiz
- Friedensnobelpreis für Willy Brandt
- Hot pants – Modeschlager der Saison
- Kinohit »Love Story« rührt Millionen Zuschauer zu Tränen

### 1972

- Unterzeichnung des Rüstungskontrollabkommens SALT I
- Verhaftung von Baader-Meinhof-Terroristen
- Überfall palästinensischer Terroristen auf die israelische Mannschaft bei den Olympischen Spielen in München
- Unterzeichnung des Grundvertrages zwischen Bundesrepublik und DDR

### 1973

- Aufnahme beider deutscher Staaten in die UNO
- USA ziehen ihre Truppen aus Vietnam zurück
- Jom-Kippur-Krieg in Nahost
- Ölkrise: Sonntagsfahrverbot auf bundesdeutschen Straßen

### 1974

- Guillaume-Affäre stürzt Willy Brandt, neuer Bundeskanzler wird Helmut Schmidt
- Watergate-Affäre zwingt US-Präsident Nixon zum Rücktritt
- Deutschland wird Fußballweltmeister
- »Nelkenrevolution« in Portugal

### 1975

- Beginn des Bürgerkriegs im Libanon
- Unterzeichnung der KSZE-Schlußakte in Helsinki
- Spanien: Tod Francos und demokratische Reformen unter König Juan Carlos I.
- Einweihung des 3 km langen Elbtunnels in Hamburg
- Volljährigkeit von 21 auf 18 Jahre herabgesetzt

### 1976

- Umweltkatastrophe in Seveso
- Anschnallpflicht für Autofahrer
- Traumhochzeit des Jahres: Karl XVI. Gustav von Schweden heiratet die Deutsche Silvia Sommerlath

### 1977

- Entführung und Ermordung des Arbeitgeberpräsidenten Hanns Martin Schleyer
- Emanzipationswelle: Frauenzeitschrift »Emma« erscheint

### 1978

- Friedensverhandlungen zwischen Israel und Ägypten in Camp David
- In England kommt das erste Retortenbaby zur Welt

### 1979

- Überfall der Sowjetunion auf Afghanistan
- Schiitenführer Khomeini proklamiert im Iran die Islamische Republik
- Sandinistische Revolution beendet Somoza-Diktatur in Nicaragua

**Auf 113 km² sind ab 1971 in Disneyworld (Orlando) Träume käuflich**

# Mittwoch 1. April

*Politik*

**Die unterschiedlichen Arten der Freiheitsstrafe** sind in der Bundesrepublik Deutschland mit Inkrafttreten des 1. Strafrechtsreformgesetzes abgeschafft. An die Stelle von Zuchthaus, Gefängnis, Einschließung und Haft tritt die Einheitsstrafe Freiheitsentzug.

*Gesellschaft*

**Das höhere Bildungswesen in Hamburg** wird neu gegliedert. Aus der Zusammenlegung von sechs Höheren Fachschulen und vier Ingenieurschulen entsteht die Fachhochschule Hamburg. Die bisher selbständigen Schulen werden in 13 Fachbereiche der Fachhochschule umgewandelt.

*Gesellschaft*

**Beim Landeanflug auf die Hafenstadt Casablanca** (Marokko) stürzt ein marokkanisches Verkehrsflugzeug ab. Bei dem Absturz kommen 60 Menschen ums Leben.

*Wetter*

**Kühl und trüb** ist es im April 1970 mit einer mittleren Lufttemperatur von 6,1 °C und nur 86 Sonnenstunden (langjähriges Mittel 193 Stunden).

## Doonerstag 1. April

*Politik*

**US-Präsident Richard Nixon ordnet** Haftverschonung bis zum Revisionsverfahren für Oberleutnant William Calley an, der am 29. März des Mordes an mindestens 22 Zivilisten für schuldig befunden und zu lebenslanger Zwangsarbeit verurteilt worden ist. Am 16. März 1968 verübte eine US-Einheit unter dem Kommando Calleys ein Massaker an den Einwohnern des südvietnamesischen Dorfes My Lai, bei dem 507 Bewohner starben.

*Technik*

**Die US-Marine rüstet auf:** Das Pentagon gibt bekannt, daß das erste mit Poseidon-Raketen bestückte Atom-U-Boot der USA in Dienst gestellt worden ist.

*Politik*

**Europäische Themen stehen im Vordergrund** bei den Gesprächen, die der italienische Ministerpräsident Emilio Colombo in Deutschland führt.

*Wetter*

**168 Stunden Sonnenschein** beschert Petrus im April 1971 (langjähriger Durchschnitt 193 Stunden).

# Samstag 1. April

### Politik

**Sichtbares Zeichen der Entspannung:** Der scheidende Helmut Allardt erhält als erster deutscher Botschafter einen Abschiedsempfang beim sowjetischen Außenminister Andrei Gromyko.

**Stars der 70er Jahre**

**Robert de Niro**
Filmschauspieler
**Jane Fonda**
Filmschauspielerin
**Woody Allen**
Filmregisseur
**Steven Spielberg**
Filmregisseur
**Muhammad Ali**
Boxer

### Gesellschaft

**25 prominente evangelische Kirchenvertreter** der Bundesrepublik erregen Aufsehen und – insbesondere in den Reihen der CDU – auch Widerspruch mit einer positiven Stellungnahme zu den Ostverträgen: »Die Ostverträge leisten einen Beitrag zum Frieden, den nur die Deutschen in der Bundesrepublik leisten können und den unsere Nachbarn in Ost und West von uns erwarten können«, heißt es. Mehrere Unionspolitiker protestieren gegen diesen »Mißbrauch bischöflicher Autorität«.

### Wetter

**Zwar erreicht die mittlere Lufttemperatur** mit 8,3 °C im April 1972 genau den langjährigen Mittelwert für diesen Monat, es scheint aber nur an 116 Stunden die Sonne (Mittelwert: 193 Stunden).

# 1973

## Sonntag 1. April

*Kultur*

**Die Leitung des Münchner Filmmuseums** übernimmt der renommierte Filmpublizist Enno Patalas. Umfangreiche Retrospektiven und ein umfassendes Projekt zur Rekonstruktion deutscher Filmklassiker bringen ihm und seinem Haus internationale Anerkennung.

**Preise in den 70er Jahren**

| | |
|---|---|
| 1 kg Butter | 8,36 |
| 1 kg Mehl | 1,16 |
| 1 kg Fleisch | 10,15 |
| 1 l Vollmilch | 1,06 |
| 1 Ei | 0,22 |
| 10 kg Kartoffeln | 6,44 |
| 1 kg Zucker | 1,65 |
| Stundenlohn | 10,40 |

in DM, Stand 1975

*Sport*

**Das Großmaul muß still sein:** Der US-amerikanische Profiboxer Muhammad Ali muß nach einer Siegesserie seine zweite Niederlage einstecken. Er verliert in San Diego gegen Ken Norten nach Punkten, aber viel schlimmer ist noch, daß sein Kiefer nach einem wuchtigen Haken gebrochen ist. Muhammad Ali, dem 1967 wegen Kriegsdienstverweigerung der Titel als Schwergewichtsboxweltmeister aberkannt wurde, holt ihn 1974 gegen George Foreman zurück.

*Wetter*

**Regen, Regen, Regen** im April 1973: Es fallen 119 mm Niederschlag, fast das Dreifache des langjährigen Mittelwerts von 41 mm.

# Montag 1. April

*Politik*

**Das Personalvertretungsgesetz** für den öffentlichen Dienst tritt in der Bundesrepublik in Kraft. Es sichert Personalräten ähnliche Rechte zu wie den Betriebsräten in Wirtschaftsunternehmen.

*Gesellschaft*

**Als erstes Bundesland gewährt Hamburg** seinen Arbeitnehmern durch das Gesetz über den Bildungsurlaub das Recht auf eine zweiwöchige Freistellung für Weiterbildungsmaßnahmen. Die etwa 700 000 Beschäftigten der Hansestadt haben künftig die Möglichkeit, alle zwei Jahre für 14 Tage einen Bildungsurlaub zusätzlich zu ihrem Erholungsurlaub in Anspruch zu nehmen. Während dieser Zeit wird Lohn oder Gehalt weitergezahlt.

*Politik*

**47 Mio. DM als Entschädigung** für die im Ersten Weltkrieg von der deutschen Marine versenkten Schiffe verpflichtet sich die Bundesrepublik Deutschland an Griechenland zu zahlen.

*Wetter*

**Angenehm warm** und außergewöhnlich sonnig ist es im April 1974.

# Dienstag 1. April

*Gesellschaft*

**Zuviel Cholesterin im Blut** hat mehr als die Hälfte aller Bundesbürger. Dies geht aus einer Erklärung des Bundesgesundheitsministeriums hervor. Cholesterin gilt als Risikofaktor bei Herz-Kreislauf-Erkrankungen.

*Technik*

**Der Ozonmantel,** der die Erde in 12 km Höhe umgibt und den gefährlichsten Teil der ultravioletten Strahlung der Sonne absorbiert, ist gefährdet. Dies geht aus einem Bericht hervor, den US-amerikanische Wissenschaftler veröffentlichen. Schuld am Abbau geben die Forscher den Fluorchlorkohlenwasserstoffen.

*Gesellschaft*

**Der katholische Bischof von Washington D.C.,** William Creighton, kündigt an, daß er keine Männer mehr zu Priestern weihen werde, solange es ihm vom Vatikan untersagt sei, eine entsprechende Zeremonie auch bei Frauen vorzunehmen.

*Wetter*

**Ungewöhnlich sonnenarm** ist der April 1975. Nur 142 Stunden blickt die Sonne durch die Wolken.

# Donnerstag 1. April

*Kultur*

**Der Neubau des Bundeskanzleramts in Bonn** ist nach 28monatiger Bauzeit fertiggestellt und wird dem Hausherrn, Bundeskanzler Helmut Schmidt, übergeben. Das wegen seiner nüchtern-funktionalen Architektur umstrittene Gebäude liegt zwischen dem Palais Schaumburg, dem bisherigen Sitz des Bundeskanzlers, und dem Bundestag. Schmidt, der großen Wert auf die künstlerische Ausgestaltung seiner politischen Schaltzentrale legt, hat für Kunstwerke, darunter expressionistische Gemälde und Plastiken von Ernst Barlach, einem Lieblingskünstler des Kanzlers, rund 1,2 Mio. DM ausgeben lassen.

**Rekorde in den 70er Jahren**

**100 m:** Marlies Göhr (GDR) – 10,88 sec (1977)
**Hochsprung:** Rosemarie Ackermann (GDR) – 2,00 m (1977)
**Weitsprung:** Vilma Bardauskiene (URS) – 7,09 m (1978)
**800 m:** S. Coe (GBR) – 1:42,4 min (1979)

*Politik*

**Die Einparteienherrschaft** im Senegal ist abgeschafft. Eine Verfassungsänderung, die nunmehr in Kraft tritt, sieht vor, daß sich künftig drei politische Gruppierungen in dem afrikanischen Staat legal betätigen dürfen.

*Wetter*

**Kühl, trocken, aber sonnenarm** ist es im April 1976. Es fallen nur 7 mm Niederschlag.

# Freitag 1. April

Politik

**Die Rassentrennung wird in Rhodesien (Simbabwe)** in Krankenhäusern und Restaurants durch einen Beschluß der weißen Minderheitsregierung aufgehoben.

Sport

**Ein 15jähriger Fußballfan** findet den Tod, als beim Bundesligaspiel Hamburger SV gegen Bayern München in der Hansestadt eine Gruppe von 100 Zuschauern die Strehtraversen der Westkurve hinunterstürzt.

US-Wissenschaftler machen die Entdeckung, daß der Planet Uranus wie der Saturn ein System von Ringen besitzt. Die zehn Ringe bestehen aus relativ großen »Brocken«, die meist einen Durchmesser von über einem Meter aufweisen. Uranus hat außerdem 15 Monde, von denen zehn allerdings erst im Jahre 1986 entdeckt werden.

Politik

**Die Verhaftung von 30** mutmaßlichen Terroristen, darunter zwei Deutschen, gibt die schwedische Polizei bekannt. Nach Erkenntnissen der Polizei planten einige der Verhafteten die Entführung der früheren schwedischen Ministerin Anna-Greta Lejon.

Wetter

**Nur 130 statt der zu erwartenden 193 Stunden** scheint die Sonne im April 1977.

# Samstag 1. April

*Kultur*

**Auch das Museum geht mit der Zeit:** Im renommierten Deutschen Museum in München werden die neuen Abteilungen für Atom-, Kern- und Elementarteilchenphysik mit einem Festakt eröffnet.

Ausgestellte Hosen und viel Schmuck trägt die moderne Frau in den 70er Jahren

*Gesellschaft*

**Billiger in die Staaten fliegen** können künftig die Europäer. Mit Beginn des Sommerflugplans gibt es auf der Nordatlantikroute erstmals keine einheitlichen Tarife der Mitglieder des internationalen Luftfahrtkartells Iata mehr. Die 37 Mitglieder der Organisation konnten sich auf einer Tagung in Genf im Januar nicht auf eine einheitliche Tarifpolitik einigen. Die Preise für Flugreisen in die USA fallen um bis zu 30%. Bei PanAm ist ein Hin- und Rückflug Berlin-New York für 658 DM zu haben, die Lufthansa bietet ihren Kunden ein Holiday-Ticket für 887 DM an.

*Wetter*

**Warm anziehen** muß man sich im April 1978: Die mittlere Lufttemperatur liegt mit 7,8 °C ein halbes Grad unter dem langjährigen Mittel von 8,3 °C.

# Sonntag 1. April

Politik

**Die Regelanfrage beim Verfassungsschutz** für Bewerber für den öffentlichen Dienst ist abgeschafft. Sie wurde während der Regierungszeit von Bundeskanzler Willy Brandt (1969-1974) eingeführt, um zu verhindern, daß »Verfassungsfeinde« im öffentlichen Dienst eine Stelle bekommen.

Gesellschaft

**Etwa 150 jugendliche Atomkraftgegner** besetzen die Hauptkirche St. Petri in Hamburg. Sie wollen anläßlich der Beinahe-Explosion eines Atommeilers im US-amerikanischen Harrisburg am 28. März mit ihrer Aktion auf die Bedrohung der Zivilisation durch die Kernkraft aufmerksam machen. Die Besetzer, deren Zahl später auf 400 steigt – darunter auch Pastoren der Nordelbischen Kirche -, verlassen das Gotteshaus nach einem Ultimatum der Kirchenleitung am 17. April.

Voll im Zeitgeschmack: Der Midimantel mit aufgesetzten Taschen für kalte Winter

Wetter

**Trocken, aber unfreundlich** ist es im April 1979 mit 29 mm Niederschlag und nur 138 Sonnenstunden.

# 1980-1989

## Highlights des Jahrzehnts

### 1980

- Golfkrieg zwischen Iran und Irak
- Gründung einer neuen Bundespartei: »Die Grünen«
- Bildung der polnischen Gewerkschaft »Solidarność«

### 1981

- Attentate auf US-Präsident Ronald Reagan, den Papst und Ägyptens Staatschef Anwar As Sadat
- Erster Start der wiederverwendbaren Raumfähre »Columbia«
- In den USA werden die ersten Fälle von AIDS bekannt
- Hochzeit des Jahres: Der britische Thronfolger Charles, Prince of Wales, heiratet Lady Diana

### 1982

- Krieg um die Falkland-Inseln
- Sozialliberale Koalition bricht auseinander; Helmut Kohl wird neuer Bundeskanzler
- Selbstjustiz vor Gericht: der »Fall Bachmeier«
- »E. T. – der Außerirdische« wird zum Kinohit

### 1983

- US-Invasion auf Grenada
- Skandal um gefälschte Hitler-Tagebücher
- Aerobic wird in der Bundesrepublik populär

### 1984

- Richard von Weizsäcker wird Bundespräsident
- Ermordung von Indiens Ministerpräsidentin Indira Gandhi, Nachfolger wird ihr Sohn Rajiv Gandhi

### 1985

- Michail Gorbatschow wird neuer Kremlchef
- Sensation: Boris Becker siegt als erster Deutscher in Wimbledon
- »Live-Aid-Concert« für Afrika

### 1986

- Attentat auf Schwedens Ministerpräsident Olof Palme
- Katastrophe im Kernkraftwerk Tschernobyl
- Explosion der US-Raumfähre »Challenger«
- Premiere des Musicals »Cats« in Hamburg

### 1987

- Widerstand gegen Volkszählung
- Barschel-Affäre in Kiel
- Matthias Rust landet mit einem Sportflugzeug auf dem Roten Platz in Moskau

### 1988

- Atommüllskandal in Hessen
- Ende des Golfkriegs
- Geiseldrama von Gladbeck als Medienspektakel
- Dopingskandal überschattet Olympische Spiele in Seoul
- Reagan und Gorbatschow vereinbaren Verschrottung atomarer Mittelstreckenraketen

### 1989

- Die DDR öffnet ihre Grenzen
- Blutbad auf dem Platz des Himmlischen Friedens in Peking
- Demokratisierungskurs im gesamten Ostblock
- »Exxon Valdez«: Ölpest vor Alaska

**Jüngster Wimbledon-Sieger aller Zeiten: Der 17jährige Boris Becker 1985**

# Dienstag 1. April

*Gesellschaft*

**Verkehrschaos in New York:** Die 33 000 Angestellten der Verkehrsbetriebe der Stadt treten für höhere Löhne in den Streik. Die Einwohner der Neun-Millionen-Metropole versuchen mit der Situation fertig zu werden, indem sie mit Rollschuhen, Fahrrädern oder in Rikschas zur Arbeit fahren. Die Tarifauseinandersetzung endet am 13. April mit einer vorläufigen Einigung.

*Politik*

**Gegen die weitere Zuweisung** von Asylbewerbern in die Städte wendet sich der Deutsche Städtetag in einer Erklärung gegenüber Bundesinnenminister Gerhard Baum und verweist auf die Verantwortung von Bund und Ländern. 1980 bitten in der Bundesrepublik 107 818 Menschen um politisches Asyl. Der Flüchtlingsstrom nimmt in der zweiten Jahreshälfte jedoch erheblich ab, da der Bundestag am 2. Juli ein Gesetz zur Neuregelung von Asylverfahren verabschiedet. So gilt für Asylsuchende künftig ein einjähriges Arbeitsverbot. Ferner werden die Asylverfahren beschleunigt.

*Wetter*

**Mehr als doppelt so viel Niederschlag** wie im langjährigen Mittel fällt im April 1980: 91 mm.

# Mittwoch 1. April

## Politik

**Der schweizerische Bundesrat** erklärt den »Schweizerpsalm«, ein Lied von Leonhard Widmer nach einer Melodie des Zisterzienserpfarrers Alberik Zwyssik aus dem 19. Jahrhundert, zur offiziellen Landeshymne. Die erste Strophe lautet: »Trittst im Morgenrot daher, seh' ich Dich im Strahlenmeer, Dich, Du Hocherhabener, Herrlicher! Wenn der Alpenfirn sich rötet, betet, freie Schweizer, betet. Eure Seele ahnt Gott im hehren Vaterland! Gott, den Herrn, im hehren Vaterland!«

## Kultur

**Für sein Regiedebüt** »Eine ganz normale Familie« wird Robert Redford mit einem »Oscar« ausgezeichnet. Die ursprünglich für den 31. März vorgesehene Preisverleihung in Los Angeles ist wegen eines Attentats, bei dem US-Präsident Ronald Reagan schwer verletzt wurde, um einen Tag verschoben worden.

Auch für Telefongespräche in die DDR gilt für die bundesdeutschen Telefonkunden künftig in den Abend- und Nachtstunden ein Billigtarif. Die Deutsche Bundespost führt entsprechende Tarifänderungen ein.

## Wetter

**Acht Stunden Sonnenschein** mehr als das langjährige Mittel von 193 Stunden sind in der Statistik für den April 1981 verzeichnet.

# Donnerstag 1. April

*Gesellschaft*

**Im Großklinikum Aachen** nehmen die ersten Abteilungen die Arbeit auf. Mit der endgültigen Fertigstellung des Gebäudes, die für 1976 vorgesehen war, wird 1984 gerechnet. Schon vor der Inbetriebnahme ist das »medizinische Hochleistungszentrum« heftig kritisiert worden. Die Kritik gipfelte in dem Vorwurf, die gigantischen Ausmaße des Baus und die technisch-kühle Einrichtung seien ein »Angriff auf die Würde des Menschen«.

*Politik*

**Das Deutsche Rote Kreuz teilt mit,** daß es seit dem 1. April 1981 Hilfsgüter im Gesamtwert von 17,3 Mio. DM zur Unterstützung Bedürftiger nach Polen transportiert habe. Ein großer Erfolg sei auch die im Januar angelaufene Aktion »Ihr Paket nach Polen«, bei der Privatpersonen selbst Päckchen zusammenstellen und dem Roten Kreuz zum Weitertransport übergeben können. Am 13. Dezember 1981 ist nach dem Anwachsen der Widerstandsbewegung um die Gewerkschaft »Solidarität« in Polen das Kriegsrecht verhängt worden.

*Wetter*

**Der Regenschirm wird im April 1982** nur selten gebraucht bei Niederschlägen von nur 22 mm.

# Freitag 1. April

*Gesellschaft*

**Die fünfte Lesbenkonferenz** wird in Paris eröffnet. Schwerpunktthemen der fünftägigen Veranstaltung sind lesbische Mütter und der Aufbau eines internationalen Lesben-Netzwerks.

*Politik*

**Als Illusion bezeichnet** der rumänische Staats- und Parteichef Nicolai Ceauscescu die Vorstellung von Angehörigen nationaler Minderheiten im Lande, sie könnten anderswo ein besseres Leben erwarten. Der kommunistische Diktator fordert die etwa 1,7 Mio. in Rumänien lebenden Ungarn und 300 000 Deutschen zum Verbleib im Lande auf.

**Preise in den 80er Jahren**

| | |
|---|---|
| 1 kg Butter | 9,44 |
| 1 kg Mehl | 1,36 |
| 1 kg Fleisch | 11,83 |
| 1 l Vollmilch | 1,22 |
| 1 Ei | 0,26 |
| 10 kg Kartoffeln | 8,84 |
| 1 kg Zucker | 1,94 |
| Stundenlohn | 17,23 |

in DM, Stand 1985

*Gesellschaft*

**Bei einem Erdbeben** in der kolumbianischen Stadt Popayan sterben mindestens 300 Menschen.

*Wetter*

**Nur 122 Stunden** scheint im April 1983 die Sonne. Der langjährige Durchschnitt beträgt 193 Sonnenstunden.

## Sonntag 1. April

*Politik*

**Aus der Stichwahl zum Münchner** Oberbürgermeister geht Georg Kronawitter (SPD) als Sieger hervor. Der bisherige Amtsinhaber Erich Kiesl (CSU) erhält 41,9%.

*Kultur*

**Der Sachbuchautor Hans Peter Bleuel** und nicht die ebenfalls kandidierende Schriftstellerin Ingeborg Drewitz wird überraschend zum neuen Vorsitzenden des Schriftstellerverbandes (VS) gewählt. Bleuel übernimmt das Amt von Bernt Engelmann, der im Herbst 1983 nach Vorwürfen einer unkritischen Haltung gegenüber der DDR zurückgetreten war.

*Politik*

**Der österreichische Bundeskanzler Fred Sinowatz** schließt eine zehntägige Reise nach Indien ab, in deren Verlauf er u.a. der Friedensnobelpreisträgerin Mutter Theresa eine Medikamentenspende im Wert von 500 000 öS überreicht hat.

*Wetter*

**Im Durchschnittsbereich** liegen die Regenmengen und die Temperaturen im April 1984.

# Montag 1. April

*Politik*

**Bundespräsident Richard von Weizsäcker** trifft in Washington ein, um an der Verleihung der Ehrenbürgerwürde der Stadt Berlin an den ehemaligen Hohen Kommissar der USA für Deutschland, John McCloy, teilzunehmen.

*Technik*

**Kraftfahrzeuge mit Ottomotor** müssen künftig einer regelmäßigen Abgassonderuntersuchung (ASU) zur Überprüfung der Abgaswerte und der Motoreinstellung unterzogen werden, um die Umweltbelastung durch den Autoverkehr zu verringern.

**Stars der 80er Jahre**

**Richard Gere**
Filmschauspieler
**Madonna**
Sängerin
**Harrison Ford**
Filmschauspieler
**Jodie Foster**
Filmschauspielerin
**Michael Jackson**
Sänger

*Politik*

**Die 38,5-Stunden-Woche,** die nach heftigen Arbeitskämpfen 1984 in der bundesdeutschen Druck- und Metallindustrie durchgesetzt wurde, tritt in Kraft.

*Wetter*

**Regenmäntel** bestimmen das Straßenbild im April 1985 bei einer Niederschlagsmenge von 62 mm.

# Dienstag 1. April

Politik

**Der Optionshandel** mit festverzinslichen Wertpapieren wird an den deutschen Börsen zugelassen. Bei Optionsgeschäften erwirbt der Käufer das Recht, innerhalb einer festgelegten Frist jederzeit Lieferung bzw. Abnahme einer bestimmten Anzahl von Wertpapieren zum am Abschlußtag vereinbarten Kurs zu verlangen.

Auffällig unauffällig: So stellt sich die lässige Frau der 80er ihre Mode zusammen

Politik

**Der Ölpreis sinkt** an den US-amerikanischen Terminmärkten auf unter 10 US-Dollar (23,45 DM). Es ist dies der niedrigste Stand seit 1976. Die Organisation der Erdöl exportierenden Länder (OPEC) gerät daraufhin in eine schwere Krise, die erst im Dezember mit der Einigung auf Festpreise beigelegt werden kann. Da weitgehend Preis- und Mengendisziplin herrscht, können die OPEC-Staaten 1987 wieder höhere Preise auf dem Weltmarkt durchsetzen.

Wetter

**Trübes Wetter** herrscht im April 1986 mit 91 Sonnenstunden (langjähriges Mittel 193 Stunden).

# Mittwoch 1. April

Politik

**Die Wiedereinführung der Todesstrafe** lehnt das britische Unterhaus mit 342 gegen 230 Stimmen ab. Premierministerin Margaret Thatcher, die persönlich für die Todesstrafe eintritt, hatte den Abgeordneten ihrer Konservativen Partei bei der Abstimmung freie Hand gelassen.

Gesellschaft

**Etwa 20 000 Bauern demonstrieren** in Bonn gegen die Agrarpolitik der Europäischen Gemeinschaft und fordern von der Bonner Regierung Maßnahmen für den Erhalt der Familienbetriebe.

Leger und bequem: Herrenmode im Oversize-Stil mit Jackenmantel

Kultur

**Ein Historisches Institut** eröffnet die Bundesrepublik Deutschland in Washington. Es soll die Zusammenarbeit von Geschichtswissenschaftlern beider Länder fördern.

Wetter

**Eher warm** (1,4 ° C über dem langjährigen Mittel) und durchschnittlich regnerisch ist es im April 1987.

# Freitag 1. April

*Gesellschaft*

**Preiserhöhungen für Zigaretten,** bleifreies Benzin, Lufthansaflüge und Bahnfahrten treten in der Bundesrepublik Deutschland in Kraft. Die Preiserhöhungen für Zigaretten liegen bei durchschnittlich 5 Pfennig pro Packung, Bahnfahren verteuert sich im Schnitt um 2,5%, die Lufthansa erhöht ihre Tarife um bis zu 3%, und bleifreies Benzin kostet an den Tankstellen etwa einen Pfennig mehr.

### Rekorde in den 80er Jahren

**1500 m:** S. Aouita (MAR) – 3:29,46 min (1985)
**Stabhochsprung:** Sergej Bubka (URS) – 6,00 m (1985)
**100 m:** Florence Griffith (USA) – 10,49 sec (1988)
**Hochsprung:** Javier Sotomayor (CUB) – 2,44 m (1989)

*Politik*

**Die Absperrung des Gazastreifens** und des Westjordanlands hebt Israel nach dreitägiger Dauer wieder auf. Ursache der Maßnahme, mit der Zehntausende Palästinenser daran gehindert wurden, an ihre Arbeitsplätze in Israel zu gelangen, ist der Palästinenseraufstand (Intifada) in den besetzten Gebieten, der im Dezember 1987 begonnen hat.

*Wetter*

**Die Monatsmitteltemperatur** liegt im April 1988 mit 9,2 °C über dem langjährigen Mittelwert von 8,3 °C. Dabei ist es sehr trocken (1 mm Niederschlag).

# Samstag 1. April

*Kultur*

**Filmemacher und Produzenten** aus ganz Europa gründen in Berlin die Gesellschaft für den Europäischen Film und wählen den schwedischen Regisseur Ingmar Bergman zum Präsidenten.

*Politik*

**Tiefer in die Tasche greifen** müssen in Zukunft die Postkunden. Das Porto für einen Standardbrief erhöht sich, wie im Juli 1988 beschlossen, von 0,80 DM auf 1,00 DM.

*Gesellschaft*

**In der Wiener Kapuzinergruft** wird Zita von Habsburg, 1916-1918 letzte österreichische Kaiserin und Königin von Ungarn, beigesetzt. An der Trauerfeier für die im Alter von 96 Jahren verstorbene Ex-Monarchin im Wiener Stephansdom nehmen rund 6000 Gäste teil, darunter viele Vertreter des europäischen Hochadels.

*Wetter*

**Ein Sonnenbrand** ist im April 1989 kaum zu befürchten bei einer Sonnenscheindauer von nur 127 Stunden. Die Temperatur liegt mit 8,7 °C im Durchschnittsbereich.

INAUGURATION OF

# 1990–1996

## Highlights des Jahrzehnts

### 1990

- Wiedervereinigung Deutschlands
- Südafrika: Nelson Mandela nach 27jähriger Haft freigelassen
- Irakische Truppen überfallen das Emirat Kuwait
- Gewerkschaftsführer Lech Walesa neuer polnischer Präsident
- Litauen erklärt Unabhängigkeit
- Deutsche Fußballnationalelf zum dritten Mal Weltmeister
- Star-Tenöre Carreras, Domingo und Pavarotti treten gemeinsam auf

### 1991

- Alliierte befreien Kuwait und beenden Golfkrieg
- Auflösung des Warschauer Pakts
- Bürgerkrieg in Jugoslawien
- Auflösung der Sowjetunion – Gründung der GUS
- Sensationeller archäologischer Fund: »Ötzi«
- Vertrag von Maastricht
- Sieben Oscars für Kevin Costners »Der mit dem Wolf tanzt«
- Bürgerkrieg in Somalia
- Frieden im Libanon

### 1992

- Abschaffung der Apartheid-Politik in Südafrika
- Entsendung von UNO-Blauhelmsoldaten nach Jugoslawien
- Tod des ehemaligen Bundeskanzlers Willy Brandt
- Bill Clinton zum 42. US-Präsidenten gewählt
- In Hamburg wird mit Maria Jepsen zum ersten Mal eine Frau Bischöfin
- Fertigstellung des Rhein-Main-Donau-Kanals

### 1993

- Teilung der ČSFR in die Tschechische und die Slowakische Republik
- Rechtsradikale Gewaltakte gegen Ausländer
- Gaza-Jericho-Abkommen zwischen Israel und der PLO
- Skandal um HIV-Blutplasma
- Einführung von fünfstelligen Postleitzahlen im Bundesgebiet
- Sexskandal um Pop-Star Michael Jackson

### 1994

- Nelson Mandela erster schwarzer Präsident Südafrikas
- Fertigstellung des Eurotunnels unter dem Ärmelkanal
- Über 900 Todesopfer beim Untergang der Fähre »Estonia«
- Abzug der letzten russischen Truppen aus Berlin
- Michael Schumacher erster deutscher Formel-1-Weltmeister

### 1995

- Weltweite Proteste gegen französische Atomversuche im Pazifik
- Giftgasanschlag in Tokio
- Einführung von Pflegeversicherung und Solidaritätszuschlag
- Verpackungskünstler Christo verhüllt den Berliner Reichstag
- Ermordung des israelischen Regierungschefs Yitzhak Rabin
- Friedensvertrag für Bosnien

### 1996

- Arafat gewinnt Wahlen in Palästina
- IRA kündigt Waffenstillstand auf
- 100 Jahre Olympia: Jubiläumsspiele der Superlative in Atlanta

**Der Präsident spielt Saxophon: Bill Clinton feiert 1993 die Amtseinführung**

# 1990

## Sonntag 1. April

*Gesellschaft*

**Im Strangeway-Gefängnis von Manchester** legen etwa 1000 Insassen aus Protest gegen die schlechten Haftbedingungen mehrere Brände und setzen ganze Stockwerke unter Wasser. Die länger als zwei Wochen dauernde Häftlingsrevolte ist die längste und schwerste in der britischen Justizgeschichte. Das Gefängnis, das 1868 für 970 Häftlinge erbaut wurde, ist mittlerweile mit 1648 Gefangenen hoffnungslos überbelegt.

**Preise in den 90er Jahren**

| | |
|---|---|
| 1 kg Butter | 8,20 |
| 1 kg Mehl | 1,21 |
| 1 kg Fleisch | 12,85 |
| 1 l Vollmilch | 1,33 |
| 1 Ei | 0,27 |
| 10 kg Kartoffeln | 10,30 |
| 1 kg Zucker | 1,92 |
| Stundenlohn | 24,91 |

in DM, Stand 1993

*Politik*

**Bei den kommunalen Stichwahlen** in Bayern erleidet die CSU schwere Niederlagen. Die Partei verliert in acht großen Städten, darunter Regensburg, Passau und Kempten, das Amt des Oberbürgermeisters. Künftig werden 16 der 25 kreisfreien Städte in Bayern von Sozialdemokraten regiert.

*Wetter*

**Frühlingshaft warm und trocken** ist es im April 1990 mit einer mittleren Lufttemperatur von 9,1 °C und einer Sonnenscheindauer von 216 Stunden.

## Ostermontag 1. April

*Politik*

**Der Präsident der Berliner Treuhandanstalt,** Detlev Rohwedder, wird in seinem Haus bei Düsseldorf durch einen Mordanschlag getötet, zu dem sich die Rote Armee Fraktion bekennt. Drei Schüsse haben das Doppelglasfenster im Arbeitszimmer des Wirtschaftsmanagers im ersten Stock seines Privathauses durchschlagen. Bereits der erste traf Rohwedder tödlich. Seine Frau Hergard erleidet eine Schußverletzung am Arm. Die Öffentlichkeit reagiert mit Empörung auf die Bluttat.

Der argentinische Fußballer Diego Armando Maradona verläßt Italien, um einer Suspendierung wegen der Einnahme von Drogen zuvorzukommen. Am 6. April wird der für den SSC Neapel spielende Fußballstar vom italienischen Verband wegen Dopings zu einer 15monatigen Sperre verurteilt. Die FIFA bestätigt die Strafe.

*Gesellschaft*

**Drastische Preiserhöhungen** für Grundnahrungsmittel treten in der Sowjetunion in Kraft. Die Bevölkerung reagiert mit Hamsterkäufen und sogar Plünderungen.

*Wetter*

**Kaum Abweichungen vom langjährigen Mittel** sind hinsichtlich Temperatur und Niederschlag im April 1991 zu verzeichnen. Die Sonne scheint 173 Stunden.

## Mittwoch 1. April

*Gesellschaft*

**Die zweite Stufe der Verpackungsverordnung** tritt in der Bundesrepublik in Kraft, nach der Verbraucher beim Einkauf Folien und Kartonagen, die Verkaufsverpackungen zusätzlich umhüllen, im Laden zurücklassen können. Ziel der Verordnung ist es, die 15 Mio. t Verpackungsmüll zu reduzieren, die jährlich in Deutschland anfallen.

*Politik*

**König Hussein II. von Jordanien** hebt das seit 1967 geltende Kriegsrecht auf – Zeichen für eine politische Normalisierung in dem arabischen Staat.

Krawatte ist kein Muß mehr: Anzug mit zweireihigem Sakko

*Politik*

**Bei einem Treffen in Bonn** vereinbaren Vertreter der sieben führenden Industriestaaten (G-7) Finanzhilfen für die Nachfolgestaaten der im Dezember 1991 aufgelösten UdSSR in Höhe von 24 Mrd. US-Dollar.

*Wetter*

**Warm** ist es im April 1992 mit 9,3 °C Mitteltemperatur.

# Donnerstag 1. April

*Politik*

**Der Staat Bosnien-Herzegowina** erhebt Klage vor dem Internationalen Gerichtshof in Den Haag und beschuldigt Rest-Jugoslawien der Vertreibung von 2 Mio. Bosniern und der Ermordung von 250 000 Zivilisten. Der Bürgerkrieg zwischen den in Bosnien lebenden Volksgruppen ist im März 1992 ausgebrochen.

Für die heißen Sommer der 90er Jahre: Kleid mit Bustieroberteil

*Technik*

**Den eher niedlichen Namen »Cosy«** bekommt der weltweit leistungsfähigste Protonenbeschleuniger, der im Großforschungszentrum Jülich den Betrieb aufnimmt.

*Technik*

**Die Anschnallpflicht für Kinder** bis zum 12. Lebensjahr oder einer Körpergröße von 1,50 m in besonderen Rückhaltesystemen wird in Deutschland eingeführt.

*Wetter*

**Angenehm warm** ist der April 1993. Die mittlere Lufttemperatur beträgt 11,6 °C.

# Freitag 1. April

*Gesellschaft*

**Ein neues Namensrecht** tritt in Deutschland in Kraft, nach dem Eheleute nicht mehr einen gemeinsamen Ehenamen führen müssen. Das Bundesverfassungsgericht in Karlsruhe hatte 1991 die bisherige Regelung als Verstoß gegen den Gleichheitsgrundsatz für verfassungswidrig erklärt, wonach die Frau den Namen des Mannes annehmen mußte, sofern sich die Partner nicht auf einen gemeinsamen Namen einigen konnten.

### Rekorde in den 90er Jahren

**Weitsprung:** Mike Powell (USA) – 8,95 m (1991)
**110 m Hürden:** Colin Jackson (USA) – 12,91 sec (1993)
**Skifliegen:** E. Bredesen (NOR) – 209 m (1994)
**Dreisprung:** J. Edwards (GBR) – 18,29 m (1995)

*Sport*

**Robin Knox-Johnson unterbietet** den bisherigen Weltrekord in der Non-stop-Weltumseglung um fünf Tage. Nach 74 Tagen, 22 Stunden und 22 Sekunden läuft er mit seinem Team an Bord des 92-Fuß-Katamarans »Enza New Zealand« beim französischen Brest über die Ziellinie.

*Wetter*

**Überdurchschnittlich warm** – Monatsmitteltemperatur: 9,9 °C -, aber zugleich niederschlagsreich – 60 mm – ist das Wetter im April 1994.

# 1995

## Samstag 1. April

*Politik*

**Die neu eingeführte Pflegeversicherung** beginnt mit der Auszahlung von Leistungen, nachdem zum Jahresbeginn 1995 die Beitragszahlung eingesetzt hat. Nach dem Willen des Gesetzgebers sollen rd. 1,2 Mio. Pflegebedürftige ambulant durch Geld- oder Sachleistungen unterstützt werden. Die Pflegeversicherung soll als vierte Säule des Sozialversicherungssystems in Deutschland fungieren.

*Politik*

**In der westdeutschen Druckindustrie** gilt, wie 1990 vereinbart, die 35-Stunden-Woche.

### Stars der 90er Jahre

**Kevin Costner**
Filmschauspieler
**Julia Roberts**
Filmschauspielerin
**Whitney Houston**
Sängerin
**Michael Schumacher**
Rennfahrer
**Luciano Pavarotti**
Sänger

*Gesellschaft*

**Die Bayer AG,** die 1918 in der Folge des Ersten Weltkriegs in den USA, Kanada und der Karibik enteignet wurde, kann nach Rückerwerb ihrer Namensrechte erstmals wieder uneingeschränkt unter dem eigenen, werbewirksamen Namen auftreten.

*Wetter*

**Durchschnittswetter** herrscht im April 1995.

# Montag 1. April

1997

Dienstag 1. April

Donnerstag 1. April

## O.W. Fischer

***1.4.1915 Klosterneuburg bei Wien**

In der Rolle des eleganten Liebhabers, der die Herzen der Frauen mit Noblesse, Selbstironie und österreichischem Charme erobert, erlebte der Schauspieler O(tto) W(ilhelm) Fischer während der 50er Jahre seine Glanzzeit beim deutschen Film. Der am Max-Reinhardt-Seminar in Wien ausgebildete und von 1946 bis 1952 am Burgtheater engagierte Darsteller war 1953 in »Solange Du da bist« an der Seite von Maria Schell, 1954 als »Ludwig II.« neben Ruth Leuwerik und 1959 mit Heinz Rühmann in »Menschen im Hotel« zu sehen.

*Ostermontag 1. April*

## Milan Kundera

***1.4.1929 Brno (Brünn)**

Seinen internationalen Durchbruch erzielte der tschechische Schriftsteller 1984 mit dem Roman »Die unerträgliche Leichtigkeit des Seins«, der kunstvoll sexuell freizügige Passagen, philosophisches Räsonnement und die Darstellung der Situation politischer Dissidenten in der Tschechoslowakei nach dem Scheitern des »Prager Frühlings« von 1968 verknüpft. Kundera, selbst einer der Wortführer der Bewegung für einen demokratischen Sozialismus, erhielt 1968 Publikationsverbot, wurde 1975 ausgebürgert und lebt seitdem in Frankreich.

*Mittwoch 1. April*

## Rolf Hochhuth

***1.4.1931 Eschwege**

»Desgleichen gab es in Deutschland seit 30 Jahren nicht« – so reagierte der Theaterkritiker Friedrich Luft auf die Berliner Uraufführung von »Der Stellvertreter« im Jahr 1963. Hochhuth übt in dem Drama Kritik an Papst Pius XII., da dieser im Zweiten Weltkrieg gegen die Deportation der Juden in die Vernichtungslager nicht protestiert habe. Auch danach sorgte Hochhuth mit Politdramen, darunter »Juristen« (1979), für Aufsehen. Der in dem Stück attackierte baden-württembergische Ministerpräsident Hans Filbinger trat in der Folge zurück.

*Samstag 1. April*

## Wilhelm Bungert

***1.4.1939 Mannheim**

»Der beste Profi der Welt schlug den besten Amateur« – mit diesen Worten charakterisierte die »Times« das Wimbledon-Finale 1967, in dem der Australier John Newcombe den Deutschen Wilhelm Bungert mit 6:3, 6:1, 6:1 schlug. Für Bungert war das Erreichen des Endspiels in Wimbledon der größte Erfolg seiner Karriere. In einer Zeit, als das Tennisfieber noch nicht grassierte, wurde er dreimal (1962, 1963, 1965) nationaler und einmal (1964) internationaler deutscher Meister. Für das deutsche Daviscup-Team bestritt er 43 Spiele.

Donnerstag 1. April

## Mario Botta

***1.4.1943 Mendrisio/Schweiz**

Bereits mit 16 Jahren entwarf Mario Botta sein erstes Haus, und mittlerweile gehört der Schweizer zu den ganz Großen der internationalen Architektenszene. In den 70er Jahren machte der Tessiner mit stereometrisch konstruierten, häufig aus Ziegelsteinen errichteten Wohnhäusern von sich reden, seit den 80er Jahren entwirft er auch größere Objekte. Als architektonische Sensation gefeiert wurden 1995 die Kathedrale von Evry und das Museum of Modern Art in San Franciso mit der fast fensterlosen Fassade und dem gewaltigen Zylinder als zentralem Oculus.

# Impressum



| | |
|---|---|
| Autor: | Brigitte Beier, Hamburg |
| Redaktion: | Thomas Flemming, Berlin |
| Bildredaktion: | Sonja Rudowicz |
| Umschlaggestaltung und Layout: | Pro Design, München |
| Satz: | JOSCH Werbeagentur, Essen |
| Druck: | Brepols, Turnhout |

Abbildungsnachweis: Bertelsmann Lexikon Verlag, Gütersloh: 128, 132; Interfoto, München: 129, 130; Werek, München: 131.
Modefotos 1900–30er Jahre, Damenmode 40er Jahre, Damenmode 50er Jahre: Bertelsmann Lexikon Verlag, Gütersloh; Modefotos Herrenmode 40er Jahre, Herrenmode 50er Jahre, 60er–90er Jahre: Prof. Dr. Ingrid Loschek, Boxford.
Alle übrigen Abbildungen: Bettmann Archive/UPI/Reuters/John Springer Coll., New York.

Trotz größter Sorgfalt konnten die Urheber des Bildmaterials nicht in allen Fällen ermittelt werden. Wir bitten gegebenenfalls um Mitteilung.



ISBN 3-577-30401-4

## *Vom 1. Januar bis zum 31. Dezember*

Individuelle Bücher – für jeden Tag des Jahres eines. Mit allen wichtigen Ereignissen, die sich genau an diesem besonderen Tag während der Jahre unseres Jahrhunderts zugetragen haben. Doch trotz all der großen Ereignisse des Weltgeschehens – es gibt immer auch persönlich wichtige Daten für jeden einzelnen Menschen, sei es ein Geburtstag, Hochzeitstag, Erinnerungstag oder der Tag, an dem eine entscheidende Prüfung bestanden wurde. So wird aus einem Tag im Spiegel des Jahrhunderts zugleich auch ein »persönlicher« Tag. Und endlich gibt es für all diese Anlässe das richtige Buch, das passende Geschenk!

### *Persönliches Horoskop*

Was sagen die Sterne zu den jeweiligen Tagen? Außerdem erfahren Sie, welche bekannten Menschen unter dem gleichen Sternzeichen geboren wurden.